近江歴史回廊

近江万葉の道

近江歴史回廊について

中央にわが国最大の湖・琵琶湖を湛え、周囲を比叡・比良山系をはじめとする千メートル級の山々が取り囲む近江盆地は、はやくから文化が開け、日本各地を結ぶ交通の要衝として幾筋もの主要道路が通り、幾度も歴史の表舞台に登場してきました。

雄大な自然と、それぞれの時代を代表する豊かな歴史文化資源に恵まれ、滋賀県の保有する国宝や国指定文化財の数は全国でも有数を誇っています。しかしながら、広く知られることなく埋もれたままになっているものも少なくありません。

近江歴史回廊構想は、滋賀県が提唱する「新しい淡海《おうみ》文化の創造」への取り組みの一環として、これらの貴重な歴史文化資源を掘り起こし、保存・整備・活用し、全国に情報発信することにより、地域の個性化や活性化を図り、ひいては未来のまちづくりやひとづくりに活かしていくことを目的に、策定されました。

本書は、構想の中で提案している十の探訪ルートのひとつ「近江万葉の道」について、わかりやすく解説しました。古代よりの歴史が残る近江は、大和、摂津、河内の国に次いで多くの歌に詠まれました。本書を通じて、奥深い近江の歴史文化に触れていただけることを望んでいます。

近江歴史回廊推進協議会

近江万葉の道 ………… CONTENTS

カバー写真
〔背景〕大 津 市　南滋賀廃寺
〔左上〕八日市市　船岡山のムラサキ
〔右上〕竜 王 町　妹背の像
〔左下〕近江八幡市　水茎の岡
〔右下〕大 津 市　湖　　岸

近江万葉の道
主要探訪地

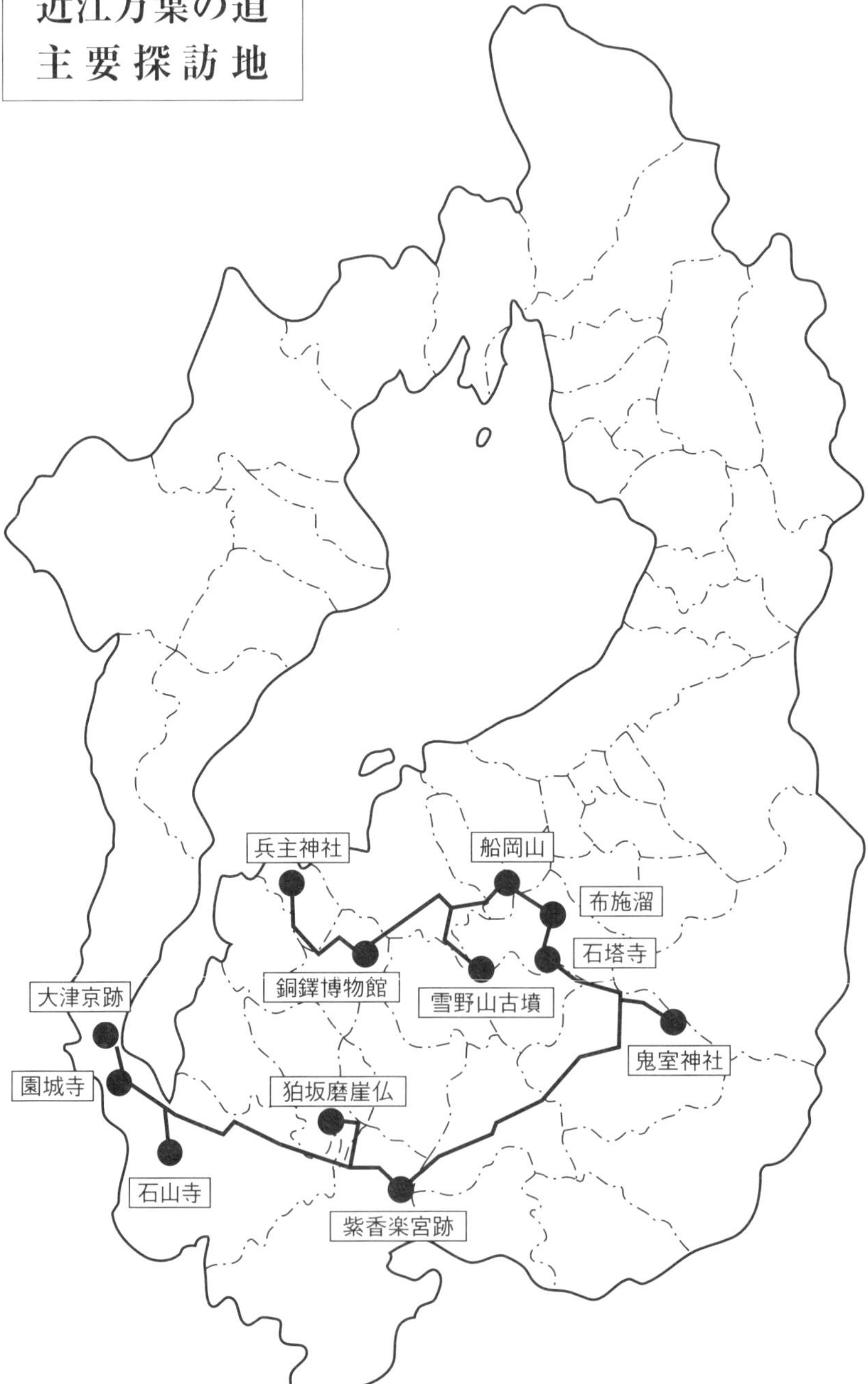

万葉集にみる近江

『万葉集』は今からおよそ千三百年前に編まれたわが国最古の歌集で、全二十巻からなり、収められた歌数は四千五百余首。作歌年代は七世紀前半から八世紀半ばすぎまでの百三十余年にわたっている。詠み手の階層は天皇、貴族から宮廷歌人、官人、農漁民、役民にまでわたっている。この多彩さが後の古今和歌集、新古今和歌集などの官選歌集と異なる特色といえる。

万葉集に詠まれた時代の背景は、日本の激動期にあたり蘇我氏打倒（六四五）前後から始まり、壬申の乱（六七二）、藤原仲麻呂の乱（七六四）の内乱、さらに白村《はくすき》江《のえ》における国外での戦いと敗北（六六三）。また相次ぐ遷都《せんと》や遣唐使の派遣など渡来文化の影響を受け、国内の政情が動くなかで東大寺大仏造立の大事業も行われた。まさに日本史の黎明《れいめい》期の中で生み出された大歌集といえる。万葉時代はその約百三十年間をいうのである。

歌の内容から相聞《そうもん》、挽歌《ばんか》、雑歌《ぞうか》の三つに分類されている。歌の表記は当時、片仮名、平仮名もできていなかったので、すべて漢字の音や訓を借りた「万葉仮名」を用いて書かれている。

歌の題材も多種多様で、羈旅《きりょ》の歌・四季の移ろいの歌・恋人や夫婦の愛の歌・行幸従駕《じゅうが》の歌・防人《さきもり》の歌・東国の民謡的なものなど、万葉びとの素朴な願いや悲しみ、喜びが飾るところなく、率直に歌に籠《こ》められ、読む人の胸を打ってくる。しかし歌のなかには、古代の人々の生活やその心を理解しないではわからない歌も少なくない。それ故に、さらに深く知りたいという気持に誘われるのが万葉の魅力と言える。万葉集は日本人の心の底に生きつづける抒情のふる里だともいえる。

万葉集の四千五百余首の歌のなかで、歌数の上で近江は、大和、摂津、河内の国に次いで多くその数、百十数首をかぞえる。しかも地名の出てくる歌が大和を中心に近畿が圧倒的に多い。次に近江の万葉地名をあげると、

近江（国・道・県・海）、大津宮、三川《みつかわ》、韓崎《からさき》（唐崎）、楽浪《さざなみ》、志賀、逢坂山《おうさかやま》、真野《まの》、比良山（連庫山《なみくらやま》）、比良（浦・大和太・湖・宮）、水尾崎《みおさき》、香取《かとり》（海・浦）、真長《まなが》浦《うら》、勝野原《かちののはら》、夜中《よなか》（潟）、高島山、阿渡《あと》（川・水門《みなと》）、大《おお》葉山《ばやま》、大浦、塩津（山）、菅浦《すがうら》、八田野《はたの》、伊香山《いかぐやま》、津《つ》乎《おの》崎《さき》、能登瀬川《のとせ》、息長川《おきなが》、託馬《つくま》（筑摩）、朝妻山《あさづま》、磯崎《いそさき》、

鳥籠山《とこのやま》、犬上《いぬがみ》、不知哉川《いさや》、蒲生野《かもうの》、安河《やすがわ》、沖島、綜麻形《へそがた》（綣《へそ》）、石辺《いそべ》山、矢橋《やばせ》、田上《たなかみ》山

近江の地では詠んだ歌の多くは、近江朝のもので、天武・持統・文武朝にかけての作品が多い。

近江の国は、中央に満々と水をたたえた琵琶湖を控え、その周りは山々に取り囲まれた地形をなしている。そのために隣接する山背、丹波・若狭・越前・美濃・伊勢・伊賀の七ヶ国との往き来、物資の運送はすべて山越えによって行われてきた。また近江は東日本と西日本、表日本と裏日本を結ぶ重要な位置にあったために、早くから水陸交通の要衝として発達し、政治・経済・軍事上重要な役割をもっていた。

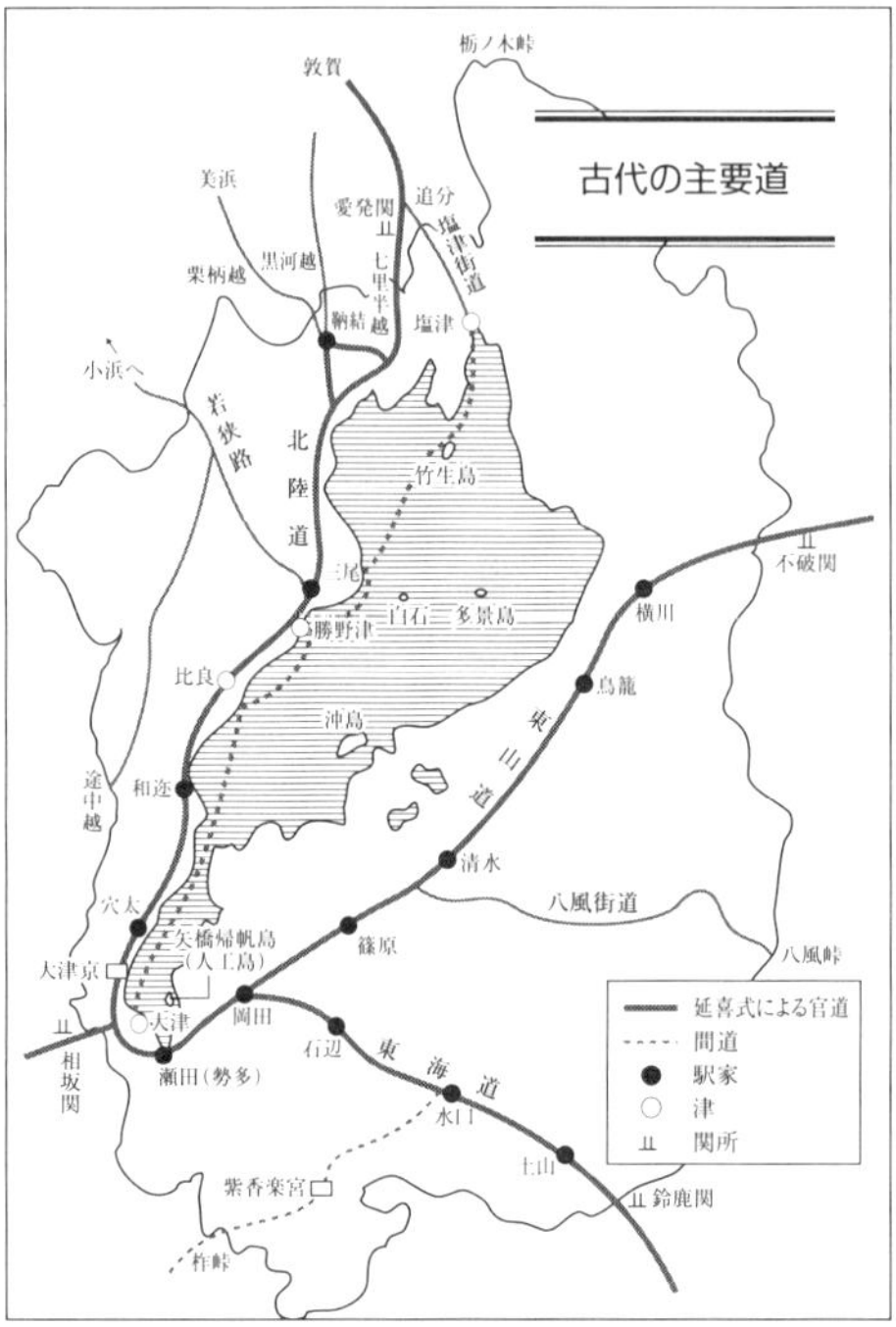

「淡海万葉の世界」より

近江を通る重要な道としては、湖東を通る東海道・東山道（中山道）・北国街道は畿内《きない》と東国（北陸）をつなぐ交通路であり、また湖西を南北に走る一本の北陸道《ほくろくどう》（西近江路）は大和と北陸の諸国を結ぶ最短路としての要路であった。そのため東海道・東山道・北陸道の三大道には諸国に通じる国境《くにざかい》に関所が設けられた。いわゆる伊勢の鈴鹿《すずか》関、美濃の不破《ふわ》関、越前の愛発《あらち》関の三関である。近江国は大和に通じる東の玄関口でもあった。

水路による湖上交通もかなり早くから発達し、北陸へは湖東より湖西まわりの航路の方がよく利用されていた。大津、勝野津、塩津、三つの要港があった。

また朝鮮半島からの渡来ルートとしては、対馬《つしま》海流に乗り、出雲《いづも》・丹後《たんご》を経て若狭《わかさ》湾に上陸し、近江より大和に至る日本海ルートがあった。それは朝鮮半島の東南部と北陸地方を結ぶもので、古来文化・貿易の交流が盛んに行われ、渡来文化の伝播《でんぱ》路として国際ルートの役割を果してきた。

近江は、渡来人と深いかかわりをもつ伝承や説話などいまもなお各地に生きつづけ、渡来人にゆかりの地名や社寺が散在し、古代朝鮮文化の影響を見ることができる。

近江は古来、たびたび都が置かれた。景行、成務、仲哀天皇の志賀高穴穂宮《たかあなほ》をはじめ、天智天皇の大津宮、離宮として紫香楽宮《しがらき》、保良宮《はら》、比良宮《ひら》があげられる。

大和の飛鳥《あすか》から大津に遷都される七年前（六六〇）のこと、朝鮮半島の百済《くだら》は新羅《しらぎ》、唐の連合軍に攻められ、日本に救援を求めてきた。六六三年の白村江《はくすくのえ》（錦江河口）の戦で日本軍は大敗し、百済は滅亡した。遷都した近江朝廷には外冦への防備、裏日本への水陸の便、陸奥の蝦《え》夷《みし》に対する対策、さらに律令制推進をはかるなど問題が山積みされ、そのため近江朝廷は、亡命した百済の要人、学者、技術者を大量に迎え入れることになった。鬼室集《きしつしゅう》斯《し》は「学頭職」に、沙宅紹明《さたくしょうみょう》は「法務大輔」にいちはやく任命された。このことによって、大陸文化が次々と伝えられ、漢詩文はかつてない盛況を呈し、倭歌に与える影響も大きかった。

万葉初期の代表的女流歌人の額田王《ぬかたのおおきみ》は、鏡王の娘ではじめ天智天皇の実弟大海人皇子《おおあまのみこ》（のちの天武天皇）に嫁し、十市皇女《とおちのみこ》を生んだが、後に天智に娶《め》されて後宮にはいった。彼女は天智・天武の二人から寵愛《ちょうあい》を受けたのである。

大津宮はひととき平穏な日々が続いたある日、天智天皇が廷臣たちを招いて、盛大な詩宴を開いた。その時重臣の藤原鎌足に命じて、「春山の万花の艶《にほひ》と秋山の千葉の彩《いろどり》」のどちらが美しいかを、漢詩、和歌で競《きそ》わせた。人々の意見の決着のつかない中を、額田王は和歌をもって堂々と判定をくだした。彼女の詠んだ歌は、「冬ごもり　春さり来れば　鳴かざりし　鳥も来《き》鳴きぬ　咲かざりし　花も咲けれど　山を茂《し》み　入りても取らず　草深み　取りても見ず　秋山の　木の葉を見ては　黄葉《もみち》をば　散りてそしのふ　青きをば　置きてそ歎く　そこし恨めし　秋山われは（一―一六）」

冬が過ぎて春が来ると、冬の間鳴かなかった鳥もやって来て鳴いている。咲かなかった花も咲いているけれど、山は木々が茂っているので、分け入って取ることもせず、野は草が深いので手に取って見ることもしない。秋山の方は、木の葉を見ると、黄葉した枝は手に取ってその美しさを感嘆し、黄葉しない青い葉はそのままにして嘆息する。その点が残念に思われるが、私はそんな秋山の方こそ惹かれるのです。

この長歌には漢詩文の対句や同語反復の技法が使われ、詩文の影響がみられる。彼女はこの時、すでに詩宴のイニシアテブを取るまでになっていたことがわかる。

また天智七年（六七八）五月五日の近江蒲生野《がもうの》に遊猟《みかり》が行われた時に詠んだ贈答歌はあまりにも有名である。「あかねさす紫野《むらさきの》行き標野《しめの》行き野守は見ずや君が袖振る（一―二〇）」「紫草《むらさき》のにほへる妹《いも》を憎《にく》くあらば人妻ゆゑにわれ恋ひめやも（一―二一）」額田王の最も華やかな時期であった。五月五日（太陽暦では六月二十日前後）は、薬猟《くすりがり》の日で皇太子たちは馬に跨り、雄鹿を追い、その袋《ふくろ》角《づの》（鹿茸《ろくじょう》）を切り取り、女官たちは野辺に出て薬草を摘むならわしであった。宮廷の文武百官を従えた天智の一行は、蒲生野遊猟の日であった。宮廷の生活から解放された大宮人たちは華やいでいた。

そして大海人皇子と額田王の蒲生野での出逢いとなった。前の妻であり、十市皇女を生んだ額田王に皇子は袖を振った。「袖振る」とは愛情表現である。大海人皇子は、その三年後に出家し、吉野の宮瀧に入り、天智亡き後の大津京を攻め、壬申の乱の勝者となって再び飛鳥に都を移すことになる。

話は前後するが、額田王は蒲生野の逢瀬に心弾ませ、複雑な心境であったと思われる。彼女は蒲生野で相聞歌《そうもんか》を詠んだあと、天智への思慕の歌も万葉歌にある。

同じ年の秋、額田王は次の歌を詠んでいる。「君待つとわが恋ひをればわが屋戸《やど》のすだれ動かし秋の風吹く（四—四八八）」彼女の傍に鏡王女《かがみのおおきみ》の姿もあった。君（天智）をお慕いしてお越しを待っているのに訪れるのは、簾《すだれ》を動かす秋の風はかりである。鏡王女なる女性は額田王の姉という説がある。天智と鏡王女とは婚姻関係にありながら、天智は重臣の鎌足の正室としてくれてやっている。彼女は額田王の秋風の歌を聞いて一首の歌を唱和した。「風をだに恋ふるは羨《とも》し風をだに来《こ》むとし待たば何か嘆かむ（四—四八九）」鏡王女にとっては、秋風が吹こうと簾が動こうと、もはやお待ちする身ではなくなっている。同じ秋の風でも、心をときめかす女と、今もなお恋い焦れている女と、ふたりの心の葛藤に当時の女性の生き方を垣間見る。

藤原鎌足が大津の宮で亡くなると、その翌年の十二月、天智天皇はわが子大友皇子の将来を案じながらこの世を去った。齢四十六歳。その病臥の時から崩御にかけての女性たちの深い悲しみは九首の長短歌に詠まれている。

天皇聖躬不豫《せいきゅうふよ》の時、大后《おほきさき》の奉る歌「天《あま》の原振り放《さ》け見れば大君の御寿《みいのち》は長く天足《あまた》らしたり（二—一四七）」

天皇崩《かむあが》りましし後、倭《やまとの》大后《おほきさき》の作り「人はよし思ひ止《や》むとも玉鬘《たまかづら》影に見えつつ忘らえぬかも（二—一四九）」

天皇の大殯《おほあらき》の時の歌二首「かからむの懐《こころ》知りせば大御《おほみ》船《ふね》泊《は》てし泊《とま》りに標結《しめゆ》はましを　額田王（二—一五一）」「やすみししわご大君の大御船待ちか恋ふらむ志賀《しが》の辛崎《からさき》　舎人吉年（二—一五二）」額田王が山科の御陵《みはか》に服喪していた期間も終わり、退散する除喪《じょも》の日のわびしさを詠んだ歌巻二—一五五がある。

壬申の乱によって近江朝廷が滅んで、十八年後の持統四年（六九〇）、夫天武の死、愛息の草壁皇子の死と相次ぐ不幸の中で即位した持統女帝は、亡き父天智の創建になる志賀の山寺（崇福寺）を訪れた。それは亡父天智の追善、壬申の乱で死んでいった人々の鎮魂のため、荒都を訪れたものとみられ、柿本人麻呂は供奉者の一人だった。

人麻呂の「近江荒都を過ぐる時」と題して長・短歌を詠んでいる。その一節に、「…大津の宮に天の下知らしめしけむ天皇《すめろき》の神の尊《みこと》の大宮は此処《ここ》と聞けども大殿《おほとの》は此処と言へども春草の繁《しげ》く生ひたる霞立ち春日の霧《き》れるもしきの大宮処《おほみやどころ》見れば悲しも（一—二九）」荒廃した大津宮に対する感慨が中心になっている。従駕一行のなかにはかつて大津宮でともに生活をした人、壬申の乱を身をもって体験した人が少なくなかったはずである。この歌の反歌に、「ささなみの志賀の辛崎《からさき》幸《さき》くあれど大宮人《おほみやびと》の船待ちかねつ（一—三〇）」「ささなみの志賀の大わだ淀《よど》むとも昔の人にまたも逢はめやも（一—三一）」がある。「志賀の大わだ」は現在の大津市柳ヶ崎から比叡辻にかけて湾入しているあたりで、辛崎（唐崎）は当時大津京の外港であった。

この歌に続いて「近江の旧堵《きゅうと》を感傷《いた》みて作る歌」巻一—三二・三三番の二首がある。作者は髙市古人とあるが、一般に髙市黒人の作とみている。人麻呂の歌と相前後して並べているのは、おそらく作歌の時期や事情が同じものとみることができる。「如是《かく》ゆゑに見じといふものを楽浪《ささなみ》の旧き都を見せつつもとな　髙市黒人（三—三〇五）」さきの人麻呂の「近江の荒都」を詠んだ歌と同じ頃の作であろう。

近江の荒都を懐古した歌のなかでも最も印象に残る名歌がある。「淡海《あふみ》の海《うみ》夕波千鳥汝《な》が鳴けば情《こころ》もしのに古《いにしへ》思ほゆ　柿本人麻呂（三—二六六）」淡海の語義は淡海（アハウミ）のつづまったもので、「古」は大津京時代を指している。「夕波千鳥」は万葉集中ここしか出てこない言葉で、人麻呂の造語として知られる。夕暮れの波間に飛び交ふ千鳥の鳴き声に心もうち萎れて、昔の宮廷のことが偲ばれることよと歌っている。

また大津の志賀山寺（崇福寺）にまつわる悲恋の歌がある。「穂積皇子《ほづみみこ》に勅《みことのり》して近江の志賀の山寺に遣はす時」と題して、但馬皇女《たじまひめみこ》の詠んだ歌に、「後《おく》れ居て恋ひつつあらずは追ひ及《し》かむ道の隈廻《くまみ》に標結《しめゆ》へ我が背《せ》（二—一一五）」彼女は髙市皇子に嫁いだが、穂積皇子を慕って、こっそり密会をしていた。そのことが発覚し、宮廷内の噂となった。

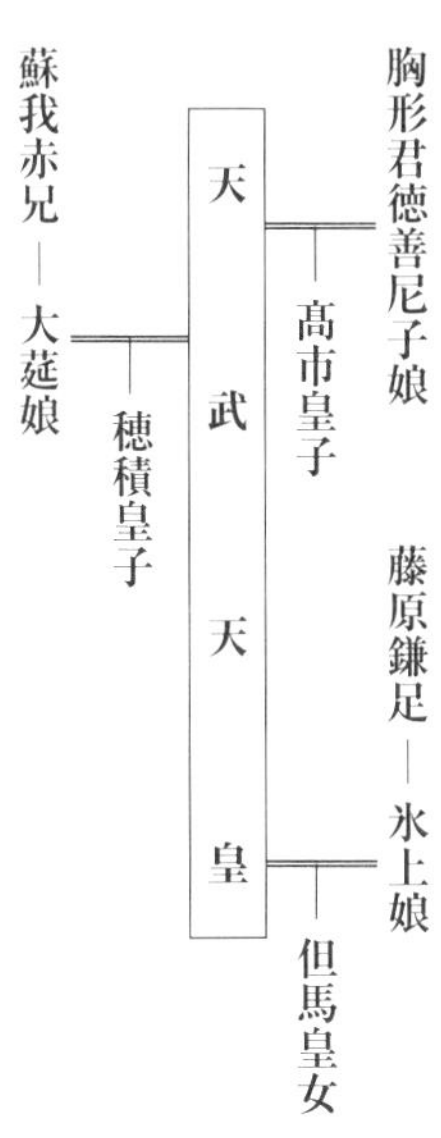

髙市皇子、穂積皇子、但馬皇女はともに天武天皇を父

とする兄、弟、妹である。古代は異母の兄弟姉妹の結婚は許されていた。二人の先行きを案じた持統女帝は、穂積皇子を志賀の山寺へ勅命ということで遣わした。それを知った但馬皇女は、皇子の後を追ってゆきたいという激しい思いを口にしたのである。

「近江国より上り来る時」と題して、刑部垂麿《おさかべのたりまろ》の詠んだ歌に、「馬ないたく打ちてな行きそ日《け》ならべて見てもわが行く志賀にあらなくに（三—二六三）」湖畔の美しい風景に心惹かれて離れ難く、馬上の友に向かって呼びかけた歌である。しかしこの歌の次に「もののふの八十《やそ》氏河《うじかわ》の網代木《あじろき》にいさよふ波の行く方知らずも」（三—二六四）の人麻呂の詠んだ歌があり、その題詞が垂麿の歌の題詞と同じ「近江国より上り来る時」とあるのは、人麻呂に同行していたものと思われる。

琵琶湖の西側を南北に走る北陸道（西近江路）は、大和と北陸を結ぶ最短路として早くからひらけた重要な道であったことは前にも触れた通りである。西近江路は陸路だけでなく、船路による交通も早くから発達し、北陸へは湖東より湖西まわりの方が多く利用されていた。

陸路の場合、穴太《あのう》—和邇《わに》—三尾《みお》—鞆結《ともゆい》の駅路を経て、愛発《あらち》越えで越前の敦賀に出るか、または船路の場合は大津—比良—勝野津—安曇の各港を経て塩津にあがり、塩津越えで敦賀に出たのである。若狭へ抜けるには勝野津から陸路をとり旧若狭路を通って小浜に出た。「古《いにしへ》にありけむ人の求めつつ衣《きぬ》に摺《す》りけむ真野《まの》の榛原《はりはら》（七—一一六六）」「真野の浦の淀《よど》の継橋《つぎはし》情《こころ》ゆも思へや妹《いも》が夢《いめ》にし見ゆる（四—四九〇）」「真野」は大津市の最北部に点在する集落である。「真野の榛原《はりはら》」とあるから、古くから萩（榛）が生い茂っていた所で、沢集落の周辺は「榛原の里」と土地の人は呼んでいた。また「真野の浦」は、現在の湖岸線よりかなり深く内陸部に入っていて、「真野の入江跡」の石碑がある付近が往時の真野の浦であったと推定される。真野浦を詠んだ歌は多く、『金葉和歌集』の源俊頼が歌に、「鶉《うずら》なく真野の入江の浜風に尾花なみよる秋の夕ぐれ」がある。

真野を過ぎ、志賀町の和邇まで来ると湖辺は急に広がり、北にかけて湖岸は大きく湾曲している。いわゆる「比良の大曲《おおわだ》」である。後方は比良連峰が聳え立つ。万葉時代は北陸への行き来は、陸路より船路の方が利用することが多かった。「わが船は比良《ひら》の湊に漕《こ》ぎ泊《は》てむ沖へな離《さか》りさ夜更《ふ》けにけり　高市黒人（三—二七四）」「なかなかに君に恋ひずは比良の浦の白水郎《あま》ならましを玉藻刈りつつ（一一—二七四三）」「比良の浦」は、『日本書紀』斉明五年（六五九）三月の条に「庚辰《かのえたつ》の日、天皇近江の平の浦に幸す」とあり、また『万葉集』の額田王の歌（一—一七）の左註に「戊申《つちのえさる》の年大化四年（六四八）比良の宮に幸す時」とある。比良の宮処の所在は現在不明である。

「比良の湊」は船泊りとし万葉びとに広く知られていた所で、北比良の湖岸には往時の港跡と想定される石垣跡があり、昔の面影を残している。「楽浪《ささなみ》の比良山風《ひらやまかぜ》の海吹けば釣する海人《あま》の袖《そで》かへる見ゆ　槐本《えにすのもと》（九―一七一五）」「ささなみの連庫山《なみくらやま》に雲居《ゐ》れば雨そ降るちふ帰り来《こ》わが背《せ》（七―一一七〇）」「連庫山」は比良山系のことである。比良山麓の一帯は、比良山から湖上に向かって吹き下ろす風は強く、土地の人は「比良下《お》ろし」と呼び、殊に春先きの疾風は湖上は大荒れになる。

北陸道（西近江路）を湖岸に沿って北進し、水尾崎（現・明神崎）を北にまわると、高島町の勝野に入り、視界が急に広がる。勝野は、越前あるいは若狭に通じる分岐点にあったために、早くからこの地に三尾駅、勝野津が置かれていた。

水路をとれば、さきに触れた比良の湊から航行して水尾崎をまわり勝野津に着く。ここから陸路北陸に向うか、また勝野津から安曇の湊を経て塩津に向かうことが多かった。このように勝野は水陸交通の要衝であった。しかもこの道は人の往き来だけでなく、北陸から都への物資の輸送にも重要な道で、勝野津は塩津と並んでよく利用されていた。『延喜式』の諸国雑物を運漕する功賃の条に「北陸道、諸国のうち若狭国は、陸路、勝野津云々」と見えることでもわかる。万葉集のなかに勝野周辺を詠んだ歌が多い。「何処《いづく》にかわれは宿らむ高島の勝野《かちの》の原にこの日暮れなば　髙市連黒人（三―二七五）」「大御船《おほみふね》泊《は》ててさもらふ高島の三尾《みを》の勝野《かちの》の渚《なぎさ》し思ほゆ（七―一一七一）」「思ひつつ来《く》れど来《き》かねて水尾が崎真長《まなが》の浦をまたかへり見つ　碁師《ごし》（九―一七三二）」「大船の香取の海に碇《いかり》おろし如何《いか》なる人か物思はざらむ（十一―二四三六）」「何処《いづく》にか舟乗《ふなのり》しけむ高島の香取の浦ゆ漕《こ》ぎ出《で》来《く》る船（七―一一七二）」歌に詠まれた「勝野・水尾崎・真長の浦・香取の浦（海）」の地名はいずれも勝野周辺の湖畔に点在する。勝野はまた、「陸野、歩野」とも書くのは、ここから陸路となるので付けられたものか。勝野の地はかなり広い地域を指していたと考えられる。

真長の浦は、水尾崎（現・明神崎）から西の山麓にかけて深く湾入している北辺から、三尾川（現・鴨川）にかけての約四キロに及ぶ汀線を真長の浦と呼んでいたのではないか。狭義では現在の萩の浜のあたりを指し、北に続く紅葉ヶ浦（古名）を含んでいたと思われる。

香取浦は、真長の浦の南、内陸部に深く入った浦廻《うらみ》をいい、その北端にあった船泊りが勝野津である。風待ちや風波を避けるために寄港している。香取浦はまたの名を「鬼江《おにえ》」と呼んでいたと考える。

奈良時代の後期、天平宝字八年（七六四）太政大臣の藤原仲麻呂（恵美押勝）が反乱を起し、都を捨てて近江の湖西に逃亡してきたが、追討軍に阻止され高島の「鬼江の浜」で妻子、一族郎党三十四人共々捕らえられ斬首されたと『続日本紀《しょくにほんき》』に書かれている。香取浦は長い歳月の間に砂洲をつくり、現在は乙女ヶ池となっている。

「旅なれば夜中《よなか》を指して照る月の高島山に隠《かく》らく惜しも（九―一六九一）」「さ夜深《ふ》けて夜中の方におぼぼしく呼びし舟人泊《は》てにしむかも（七―一二二五）」「夜中」については時刻説と地名説がある。万葉仮名では「三更《さんこう》」と書く。時刻を指して月が照るという言い方には無理がある。高島町城に「夜中」なる地名は見当たらないが、実景から推測して香取浦のあたりを想定した方がよいと思われる。前者の歌は陸路の旅であり、後者は碇泊した時の歌であろう。

「高島山」の名はこの付近には見当たらないが、これも実景から推定して嶽山《だけさん》（五六三メートル）を主峰とする三尾山が比定される。天平宝字六年（七六二）の『正倉院文書』のなかに「高島山作所」の名が見えることからこのあたりと考えられる。

　勝野の地は水陸交通の要衝と共に、軍事上重要な所でもあった。「壬申の乱」（六七二）の時、大友皇子の率いる近江軍が最後の砦《とりで》にして戦った「三尾城《みおき》」（『日本書紀』所出）は、三尾山の山中に築かれていたが、現在はその所在は不明である。前述の「恵美押勝の乱」（七六四）にも官軍は三尾山に監視所を置いて仲麻呂の軍を迎え撃ち、勝利を収めている。また天正元年（一五七三）織田信長の甥信澄の築城した大溝城は、この乙女ヶ池を要害として水城を築き湖北を掌握した。

　勝野津から船で真長浦を過ぎ、鴨川（三尾川）崎をまわると安曇川崎が見える。万葉集に安曇の湊を詠んだ歌が四首ある。「率《あども》ひて漕ぎ行く船は高島の阿渡《あと》の水門《みなと》に泊てにけむかも（九―一七一八）」「高島の阿戸《あと》白波はさわくともわれは家思ふ廬《いほり》悲しみ（七―一二三八）」「高島の阿渡の水門を漕ぎ過ぎて塩津《しおつ》菅浦《すがうら》今か漕ぐらむ　小辨（九―一七三四）」

　万葉集では安曇を「阿渡・足速・阿戸・吾跡」と表記している。万葉びとが詠んだ「阿渡の水門」はどのあたりであったのか。川の流れの変動もあって現在は判然としない。推定される一つは、安曇川崎の南側にある小湾のあたり、明治になって定期船の発着する船木港が設けられたあたり。今一つは南船木《ふなき》の集落のはずれにある内湖（現・干拓田）のあたりを考えるのが、船泊りには最適だったと思われる。

　さらに船は湖北の塩津・菅浦を指して航行する。「大葉山霞たなびきさ夜ふけてわが船泊てむ泊知らずも　碁師（九―一七三二）」この歌の作者碁師はさきの「思ひつつ来れど来かねて水尾崎真長浦を……」と同一作者である。湖北からの帰路に詠んだものと考える。夕闇が迫り、船泊りが見つからずにいる焦りと心細さを詠んでいる。「大葉山」その字の示すように、大きな葉っぱを広げたように見える山、すがた、かたちから地名を付けたとすれば、現在の今津町の西に広がる丘稜地饗《あい》庭《ば》野台地より他にはない。湖上から見る饗庭野台地は舟行の目標となるには充分である。

琵琶湖の北部の葛籠尾崎《つづらおさき》をはさんで、東側に塩津湾、西側に大浦湾がある。その最奥部に大浦港がある。旅人は船から上陸すると、大浦川に沿って山路を辿り、沓掛《くつかけ》の北で塩津街道に合流し、深坂越えで敦賀に出た。大浦を詠んだ歌に、「霰降り遠つ大浦に寄する波よしも寄すとも憎からなくに（一一―二七二九）」葛籠尾崎の西側に、むかし陸の孤島といわれた菅浦の集落がある。さきに安曇の湊の項であげた巻九―一七三四の歌に「……塩津菅浦今か漕ぐらむ」とある菅浦である。船旅の行き帰りに通り過ぎたか、また風波をさけて寄ったことがある地と思われる。この地は中世の文化を調べる上で貴重な資料である「菅浦文書」で有名な古い歴史をもつ地である。現在は湖周道路が開通している。

琵琶湖の最北端にある塩津は、古来重要な港で『延喜式』にもその名がみえる。塩津の地名は北陸で採取した塩や海産物の集積港であった所から付けられたといわれる。当時の塩津湾は内陸に深く湾入して、今の香取神社のあたりまで湖水が入り込んでいた。同社の森「大森」が塩津湾を出入りする船の目標であった。塩津と敦賀を結ぶ最短距離で都へ上る重要な港であった。

「あぢかまの塩津を指して漕ぐ船の名は告《の》りてしを逢はざらめやも（一一―二七四九）」国道八号と三〇三号が交叉する路傍に当時の繁栄のあとをとどめる常夜灯が立っている。

笠朝臣金村、塩津山にして作る歌二首「大夫《ますらお》の弓末《ゆずえ》振り起せ射《い》つる矢を後見む人は語り継《つ》ぐがね（三―三六四）」「塩津山うち越え行けば我が乗れる馬そ爪《つま》づく家恋ふらしも（三―三六五）」前歌は、笠金村が塩津の山越えで矢を射立てた時に詠んだ歌である。古代、山を越える時には旅中の安全を祈願して、杉の大木に矢を射立てる風習（矢立杉）があった。

塩津山は塩津街道を越前に抜ける国境の山の総称で、野坂山地にある深坂峠越えの山である。峠を越えると視界は一変し、いわゆるしなざかる越路《こしじ》の感を深くする。峠には深坂地蔵（塩かけ地蔵）があり、峠の登り道に沿って塩蔵跡などがあり、当時の面影を今に残す。

近江と越前敦賀を結ぶ主なる古道として①北陸道（西近江路）の鞆結《ともゆい》（マキノ町石庭）から山中越（愛発越え）をして追分に出る七里半街道。②鞆結から黒河《くろこ》越えをして敦賀に出る古道。③塩津から沓掛を経て深坂越えで追分に出る塩津街道がある。追分は七里半街道と深坂越えの塩津街道が合流する地点になる。古代の三関《さんかん》と称せられた愛発《あらち》関は、近江と越前の国境の有乳《あらち》山地にあった関所で、現在は関所跡は不明。有乳山を詠んだ歌に、「八田《やた》の野の浅茅《あさぢ》色づく有乳山峯《みね》の沫雪《あわゆき》寒く降るらし（一〇―二三三一）」「八田野」の所在については、大和説が有力視されているが、八田野《はたの》を有乳山の近くに想定した方が、歌の情景とぴったりするので私案ではあるが伊香郡西浅井町の「八田部《はたべ》」の集落とみている。

笠金村の伊香山にして作る歌二首「草枕旅行く人も行き触らばにほひぬべくも咲ける萩かも（八―一五三二）」「伊《い》香山《かごやま》野辺に咲きたる萩見れば君が家なる尾花し思ほゆ（八―一五三三）」右の歌は、さきの「塩津山」の歌と同じ時に詠んだものであろう。伊香山は「伊香胡山」とも書く。現在、伊香山の名は見当たらないが、伊香郡木之本町大《お》音《おと》にある伊香具神社（式内社）の背後の山を指す説が有力である。すなわち賤《しず》ヶ岳《たけ》（四二三メートル）の南嶺とみている。賤ヶ岳合戦（一五八三）の古戦場で有名。

万葉時代は湖東から北陸へ出る道として、大音から賤ヶ岳南嶺の鞍部《あんぶ》を越えて飯《はん》の浦に出て、さらに地獄坂越えで塩津街道に入る道と、今一つは木之本から栃《とち》ノ木峠を経て越前の今庄《いましょう》に出る道があった。「伊香山」の歌は、前者の道を通り過ぎた時に詠んだものと思う。

「葦《あし》べには鶴《たづ》が音《ね》鳴きて湖風《みなと》寒く吹くらむ津乎《つを》の崎はも　若湯座王《わかゆえのおおきみ》（三―三五二）」寒々と浜風の吹く葦辺で鶴が鳴く晩秋の風景を詠んでいる。「津乎の崎」の所在については諸説があるが、今日では近江説の東浅井郡湖北町の津ノ里のあたりが有力で湖に注ぐ尾上の湖辺を指している。現在の野田沼はもと入江になっていて船泊りに適していた。尾上―石川の両集落を結ぶ湖岸道路ができ入江が沼に変わった。冬期には渡り鳥の飛来地として知られ、近くに「湖北野鳥センター」がある。

「さざれ波磯越道《いそこしぢ》なる能登湍河《のとせがは》音のさやけさ激《たぎ》つ瀬ごとに　波多朝臣小足《はたのあそみおたり》（三―三一四）」この歌はおそらく北国街道を旅している時のものであろう。坂田郡近江町能登瀬の集落を流れる川を能登瀬という。能登瀬はまたの名を息長川、天野《あまの》川、朝妻川、箕浦《みのうら》川と呼んでいる。

「鳰鳥《にほどり》の息長《おきなが》川は絶えぬとも君に語らぬ言尽《ことつ》きめやも（二〇―四四五八）」このあたりは、中央政権に深いつながりをもっていた古代豪族息長氏の根拠地で、息長氏の祖を祀る山津照神社（式内社）がある。

笠女郎《かさのいらつめ》、大伴宿禰家持に贈る歌「託馬野《つくまの》に生ふる紫草《むらさき》衣《きぬ》に染《し》めいまだ着《き》ずして色に出《い》でにけり（三―三九五）」「託馬《つくま》」は米原町筑摩《つくま》をいう。天野川の河口の南側に朝妻、筑摩の二つの集落がある。この付近は東山道と北国街道が分岐する地点に近く、街道を往き来する人や船の出入りの多かった朝妻は古くから港町として栄えた。天野川河口近くに「朝妻湊趾」の碑が立っている。また筑摩は、古く大膳職の御厨《みくりや》が置かれた所で、筑摩神社の鍋《なべ》冠《かむり》祭（五月三日）は奇祭とし有名である。

「今朝《けさ》行きて明日は来《き》なむと言ひし子が朝妻《あせつま》山に霞た

なびく（一〇—一八一七）」朝妻山の所在については、通説として奈良県御所《ごせ》市の山をいうが、近江町顔戸《ごうど》にも朝妻山（俗に顔戸山）の名がある。この付近はさきほど触れたように、交通の要衝の地であったこと、しかも朝妻港にも近く、旅人の往来の多かったことなどから考えて、定説をまげて近江にした。

「磯《いそ》の崎漕《こ》ぎ廻《た》み行けば近江《あふみ》の海八十《やそ》の湊《みなと》に鵠多《たづさわ》に鳴く（三—二七三）」北陸からの船旅の帰りに詠んだものであろう。米原町に磯の集落があり、磯山が湖岸に突き出た所を磯崎と呼んでいるので、「磯」は普通名詞にとらずに地名とみておきたい。磯山の麓に磯崎神社がある。歌の中に「八十湊《やそのみなと》」は地名を指すのでなく、琵琶湖に注ぐ河口をいったものである。現在でも湖には船泊りを含めて港が三十七ヵ所を数えるが、かつての繁栄は見られない。

「淡海路《あふみぢ》の鳥籠《とこ》の山なる不知哉川《いさやがわ》日《け》のころごろは恋ひつつもあらむ（四—四八七）」一向に便りが来ない、相手の気持を推しはかって詠んだ歌である。「鳥籠山」は古くから歌枕や文献に見える。『日本書紀』天武元年七月九日の条に「男依《おより》等、近江の将秦友足《はたのともたり》を鳥籠山に討ちて斬りつ」とあるのは壬申の乱（六七二）の時、大海人皇子の軍が近江の軍を討った記事で、鳥籠山が戦場となった。鳥籠山は通説として彦根市大堀町にある大堀山（一四五メートル）があげられている。不知哉川は大堀川（芹川）とする説が有力である。大堀町には現在、「鳥籠《ちょうろう》山」の小字名が残っている。

「淡海《あふみ》の海沖つ島山奥まけてわが思ふ妹《いも》が言《こと》の繁けく（一一—二四三九）」恋しく思っている女は、いろいろ噂の立つことよ。男のやりきれなく、落ち着かない気持を詠んだものである。沖ノ島は「澳ノ島」とも書き、近江八幡市に属し、湖中で最も大きな島「沖ノ島」を想定する説が有力視されている。このことについて異説もあり、昔は琵琶湖の水位は今より高く、内陸部に深く入り込んでいた。現在陸続きの奥島山、伊崎山、岡山（水茎岡）などは、湖中に浮かんでいたところから万葉びとはこれらの島々を総称して「沖つ島山」と呼んでいたと考えることもできる。奥島山（奥津島山）には奥津島神社（式内社）、古刹長命寺がある。

「吾妹子《わぎもこ》にまたも近江《あふみ》の野洲《やす》の川安眠《やすい》も寝《ね》ずに恋ひ渡るかも（一二—三一五七）」旅にあって妻を思慕して詠んだ歌である。野洲川は県下で最大の河で鈴鹿山地を源流として湖に注ぐ。「壬申《じんしん》の乱」の戦場となった所で『日本書紀』天武の条に「壬寅《みづのえとら》（七月十三日）に、男依《おより》等、安河の浜《ほとり》に戦ひて大きに破りつ」と

「淡海《あわみ》のや矢橋《やばせ》の小竹《しの》を矢着《やは》かずてまことありえめや恋しきものを（七—一三五〇）」相手の女性を篠《しの》にたとえて詠んだ恋の歌で、妻にしたいという気持が込められている。矢橋は「八橋、八馳、矢走、箭橋」などとも書く。

今の草津市矢橋町である。大津と矢橋の間、約六キロの湖上を結ぶ対岸交通の渡し場として栄えた。当時の旅人は逢坂山を越えて大津に出ると、陸路瀬田川を渡り湖東に向かうか、また大津の港から矢橋に渡り、東山道あるいは東海道へと旅路についた。矢橋は近江八景の一つ「八橋の帰帆」として多くの歌に詠まれている。現在は港跡の石垣が残り往時の名残りをとどめている。

「白真弓石辺《しらまゆみいそべ》の山の常磐《ときは》なる命なれやも恋ひつつをらむ（一一―二四四四）」恋しく思っているだけではとても我慢できないという切実な気持を詠んでいる。「石辺山」を甲賀郡石部《いしべ》町にある山をいう説があるが、石辺山、磯部山いずれの山も現在見当たらない。しかし石辺は古く「いそべ」と呼ばれていたところから、石部鹿塩上神社（式内社）の裏山の松籟山を石辺にあてる説をとる方が自然であろう。石辺は東海道に沿って栄えた宿場である。

「藤原宮の役民《えだちのたみ》の作る歌」の長歌の一節に、「……石走《いはばし》る　淡海《あわみ》の国の　衣手《ころもで》の　田上山《たなかみやま》の　真木さく　檜《ひ》の嬬《つま》手《で》を　もののふの　八十氏河《やそうじがは》に　玉藻《たまも》なす　浮かべ流せれ　其《そ》を取ると　さわく御民《みたみ》も　家忘れ　身もたな知らず……（一―五〇）」

「……近江の国の田上山の檜《ひのき》の角材を、宇治川に藻のように浮かべて流している。それを陸揚げしようと忙しく立ち働く役民も家を忘れ、自分のことなどもすっかり忘れて……」この歌は藤原宮造営（六九四）にあたって、諸国から駆り出された役民（労働者）たちが、近江の田上山から伐り出した材木を大和の藤原の地に運搬する情景をみて詠んだものである。

右の歌にでてくる田上山は通称湖南アルプスと呼ばれる山群の一つで、標高五九九メートルの太神山を主峰とする山である。古代には田上山の一帯は、木材の主産地として広く知られた所であった。『正倉院文書』のなかに「田上山作所」の名が見える。ちなみに同文書の天平宝字六年（七六二）正月の条に「右自田上山作所進上、檜皮雑皮并雑材如件」云々とあり、近江にはほかに湖西の高島山作所（既出）があった。近江に良材が採れたというだけでなく、陸路で運ぶより水路（瀬田川、宇治川、木津川（泉川））を利用する方がはるかに大きな輸送力であったからである。

題詞に「役民作歌」となっているが、この歌には働く人の苦しみや嘆きが詠まれていないので、作者は役民ではなく、誰かが役民に仮託して作ったものとされている。いずれにしても歌に堪能な人が作ったものであろう。

紙面の都合で、近江の万葉歌のすべてを取り上げることはできなかったが、歴史・地理的視点を主として述べるにとどまったことを付け加えておく。

（藤井　五郎）

近江万葉の道

妹背の里に建つ額田王と大海人皇子の像

彦根から見る沖島

あじさいの頃の長命寺。あじさいコンサートが人気

近江八幡市加茂神社の「足伏走馬」

中主町兵主神社の庭園

水茎の岡・岡山を見る

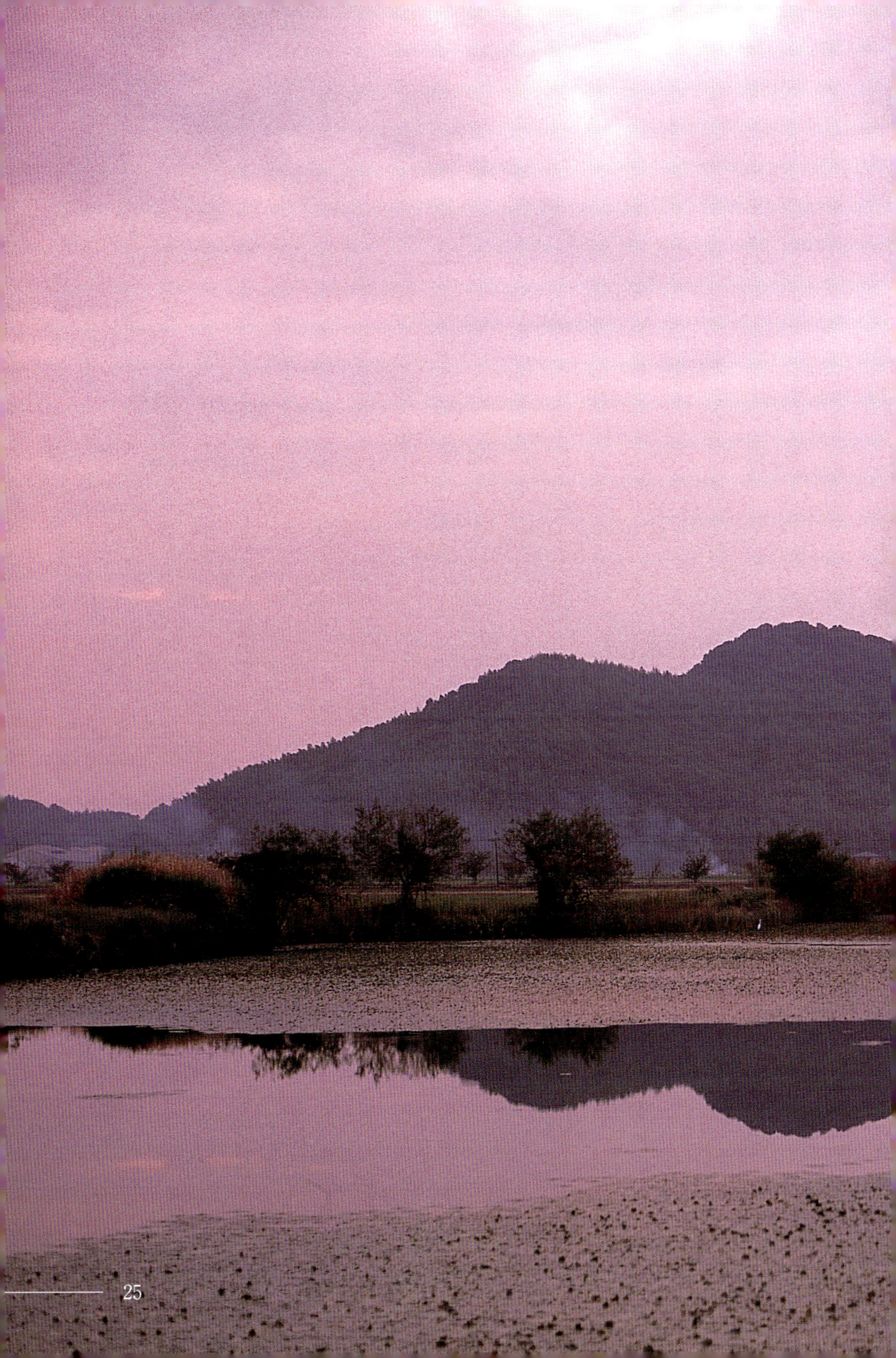

ひっそり佇む妓王屋敷跡

三上山と野洲川

苗村神社楼門（重要文化財）

船岡山に建つ万葉歌碑。蒲生野狩猟の相聞歌が記されている

横山古墳からの雪野山の眺め

蒲生町に復元された木村山古墳群。一帯はあかね古墳公園として整備されている

蒲生町石塔寺の三重石塔。渡来人の
影響を受け、日本最古・最大の石塔

日野町小野《この》の鬼室神社。境内には鬼室集斯の墓がある

近江万葉の道の概要

近江の豊かな歴史と文化は、各時代を通じて日本の歴史の一翼を占めている。近江歴史回廊構想では、その舞台を探訪するコースが設定されているが、今回は「近江万葉の道」である。

近江の古代は、他の府県に見られないすぐれた遺跡が散在している。たとえば野洲の銅鐸群・大中の湖南遺跡・近江大津宮跡・紫香楽宮跡などがあげられる。

そして、この歴史の舞台となった近江を奈良時代には、万葉の歌人たちが往還し多くの歌を残している。『万葉集』によまれた地名だけをあげても、四十を越えるという多くを数える。これからも当時すでに人々がその地に住み、地名が成立し周知されていたことをうかがうことができる。

沖島と水茎の岡

万葉の道の起点は、近江八幡市である。近江八幡のまちの基礎は、記すまでもなく豊臣秀次が、安土城の落城三年後に築いた八幡城の城下町にある。これも長く続くことなく廃城となり、八幡町はその後、在郷町としてスタートをきった。

八幡町は進取な町人たちを輩出し、近江では江戸時代、最も早い時期に商人のまちとなった。いまも市内には、かつて近江商人として活躍した商人の家屋を随所にみることができる。

市街地の北西部の長命寺山の中腹には、西国三十三所観音霊場の第三十一番札所長命寺がある。長い石段の上には、国指定重要文化財の本堂・三重塔・護摩堂などが、美しい桧皮葺の屋根をつらねているのは壮観だ。

高い石段からの前面に広がる琵琶湖の眺望はすばらしい。かつて京都五山の詩僧景徐周麟が、この地を訪れ、長命寺の前面の風景は天下にないほどすぐれていることを書いているほどである。

長命寺の前方には、琵琶湖に浮かぶ最大の島沖島をみることができる。沖島は奥津島比売命を祭神とする奥津島神社がある神島であった。『万葉集』には、「淡海の海　沖の島山　奥まけて　わが思ふ妹が言い繁けく」の歌がよまれている。沖島は湖上安全の神をまつる島として重要な位置を占めていた。のち湖上交通の要衝にもあたっていた。

また、長命寺の南には、美しい山谷を有した水茎の岡がある。かつては湖水に浮かぶ島であった。その風景は歌の題材となり『万葉集』の「天霧《あまぎ》らひ　日方吹くらし　水茎の　岡の水門に　波立ちわたる」はよく知られている。

昭和三十九年（一九六四）元水茎内湖の干拓事業中に、七隻の丸木舟が出土した。そのうち五隻は、縄文時代後期といわれ、おそらく縄文人はこれらを利用して湖の幸を採集していたのだろう。

中世には六角氏の家臣伊庭氏の被官九里氏の居城、水茎岡山城が築かれたのである。城主の九里氏は、応仁・文明の乱で戦功をたてた九里備前守賢秀を祖としている。その孫信隆は、永正五年（一五〇八）足利義澄を迎え、同義晴が同年八月にこの地で生まれている。しかし、九里氏は佐々木六角氏の謀略でほろぼされた。現在、岡山の頂上部に本丸跡を残しているに過ぎない。

野洲川流域

長い流域を誇る野洲川は、近江を代表する河川で近江太郎の異名をもつ。古代では「安河、益須川」

とも書かれ、すでにその地名は『日本書紀』に登場し、古代の大乱の壬申の乱のときには、その戦場となった。

野洲川の下流の右岸の中主町五条には兵主神社がある。それは三上山の山麓の御上神社と並ぶ古社で、平安時代の『延喜式』神名帳にも社名が記載されている。兵主神社の十二月初旬に行われる八ケ崎《やつがさき》神事は、兵主大明神が湖上から渡来したことにちなんだ神事である。本殿の南側には、平安時代の遺構を伝える宏大な庭園が広がっている。国指定の名勝である。庭園の中之島では、かつて雨乞いの神事が行われていたという。

その近くの木部《きべ》の集落には、親鸞由緒の真宗木辺派本山の錦織《きんしょく》寺をみることができる。豪壮な阿弥陀堂・天安堂・御影堂などの伽藍が立ち並び、壮大な寺観を誇っている。寺院は田園地帯に囲まれ、ひときわ甍《いらか》が目立つ。

野洲町中北には、『平家物語』で著名な祇（妓）王の菩提をとむらうために建立された妓王《ぎおう》寺がある。そして、その近くには平清盛の寵愛をうけた祇王が、用水に難渋する集落のために願い出て、清盛が開削したという祇王井川（童子川）が流れている。一つの伝承が、集落に用水として開削され、現在まで数百年間多くの人々に利用されていることに深い興味をおぼえる。

同町北の集落には、江戸時代に俳諧・和歌・古典などを究めた国文学者北村季吟（一六二四〜一七〇五）が出生している。いまも地域を人々から敬愛され、毎年六月に北村季吟顕影俳句会が開催されている。

大岩山銅鐸群と蒲生野

三上山と鏡山の中間にあたる大岩山では、日本最大の銅鐸が発見された。すなわち明治十四年（一八八一）に十四個、昭和三十九年（一九六三）の東海道新幹線工事のとき十個の銅鐸が出土した。平成八年の島根県加茂岩倉遺跡で三十九個が発見されたので、二十四は全国で二番目である。大岩山一号銅鐸は、高さ一三四・七センチの現存で日本最大の銅鐸である。なお、大岩山の近くに日本でもめずらしい銅鐸博物館が公開されている。

野洲町小篠原の北の竜王町鏡には、鏡神社がある。神社は新羅の王子天日槍を祭神としていると伝えられている。国指定の重要文化財の本殿の後方に、須恵器の窯跡が確認され、渡来人の足跡をうかがうことができる。鏡は額田王の出生地ともいわれているが確証はない。しかし、万葉歌人額田王の父は鏡王であり、姉の鏡王女はのち藤原鎌足の夫人となっている。

渡来人といえば、琵琶湖の東側蒲生郡、神崎郡、愛知郡などに、その足跡が散在している。そのなかで『万葉集』では、蒲生野がとくに著名である。

阿賀神社の裏の船岡山には、万葉歌碑がある。また、市神神社には額田王の立像や『万葉集』の「君待つと　吾が恋ひをれば　我が屋戸の　簾《すだれ》動かし　秋の風吹く」と詠まれた石碑が見られる。

八日市市市辺には、四百五年市辺押磐皇子がこの地を狩猟で訪れ、安康天皇の弟大泊瀬皇子によって殺されたという。それにちなんで市辺押磐皇子の墓もある。そして布施山の麓には、歌枕にも登場する「布施の溜」とよばれる池があり、現代整備され遊歩道が設置されている。

美しい山容を有する雪野山山頂の史跡の森整備工事中に、平成元年（一九八九）古墳時代前期の前方後円墳が発見され、石棺から三角縁神獣鏡もみつかり注目を浴びた。その南西にあたる蒲生町川合、木村には、滋賀県内最大の古墳時代中期の木村古墳群がある。近年古墳の築造時の姿に復元された「悠久の丘　蒲生町あかね古墳公園」ができている。

雪野山の南西麓には、龍王寺がある。その境内には、奈良時代の雪野寺跡があるが、鐘楼の古鐘はかつての雪野寺の遺品といわれている。この鐘には雨乞いの伝承をもつ。龍王寺から少し南側には、平成五年に竜王町が整備した「妹背の里」がある。公園内には額田王・大海人皇子の銅像や、この地をよんだ額田王・大江匡房・和泉式部の歌碑も建てられている。

場所が移動するが、蒲生町下麻生には万葉の歌人山部赤人が創建したと伝える赤人寺がある。その隣には赤人を祭神とする山部神社もあり、境内には赤人の「春野のすみれ　摘みにとこし　我は野をなつかしみ　一夜寝たける」の歌碑もある。

そして、蒲生町石塔には著名な石塔寺がある。百済からの渡来人が建立したと伝える三重石塔は、日本で最も古くしかも最大のものとして知られる。石塔は高さ七・四メートルを有し、日本には類似の石塔はない。三重石塔もさることながら、それを取り囲むように約一万体の石仏・五輪塔群は、圧倒される景観である。この三重石塔が韓国の扶餘郡場岩面長蝦里にある高麗時代のそれと似ていることから、平成四年（一九九二）に蒲生町と場岩面とは姉妹都市提携を結んでいる。

蒲生町の寺区と綺田区の境付近には、奈良時代の綺田廃寺がある。境内から出土した瓦は、渡来系とされる軒丸瓦であるといわれている。付近には、『日本書紀』にも登場する人魚伝説にちなんだ塚がつくられている。

そして、日野町小野には百済からの渡来人で、近江大津宮の官吏として活躍した鬼室《きしつ》集斯《しゅうし》の墓がある。墓は鬼室神社本殿の背後にあり、石棚で囲まれた祠である。平成二年日野町では、鬼室集斯の縁で韓国扶餘郡恩山面と姉妹都市提携を結んでいる。

紫香楽宮跡

信楽の地に県内二番目の宮、いわゆる紫香楽宮が造営されている。聖武天皇は天平十四年（七四二）八月初めて紫香楽宮に行幸した。ここで天皇は、大仏の造営のため甲賀寺を開き、体骨柱が建てられた。しかし、山火事が相次いで続いたため、紫香楽宮への遷都は中止となった。

信楽町黄瀬に国指定史跡の紫香楽宮跡がある。調査の結果この地に金堂をはじめ講堂、塔院などの伽藍が立ち並んでいたことが判明した。この寺院と紫香楽宮の関係の判断がしにくい状況で大きな課題であった。

しかし、相次ぐ発掘調査によって次第に宮跡が明らかとなってきた。紫香楽宮跡から北にあたる宮町地区から、昭和四十八年（一九七三）に柱根が数本発見された。それに続く発掘調査によって掘立柱建物の柱根、およそ三千点を越える木簡が出土した。

さらに平成十二年（二〇〇〇）に桁行二十一間以上、梁行四間という長大な建物跡が発掘され、これは紫香楽宮の朝堂院の西朝堂に想定されることとなったといわれている。この発掘調査は、紫香楽宮を考えるうえで重要なものとなったといえるだろう。また、宮町の南の新宮神社遺跡からは、最近南北に通じる道路の遺構が発見され、紫香楽宮の東朝堂遺跡として注目されている。

一方、信楽は日本を代表する陶芸の里として知られる。その起源は古代から壷・甕の生活用品からはじまり、室町時代末の茶の湯の振興にともない独特の色あいをもつ信楽焼の水指・茶碗・花入・香合・鬼桶などが愛好された。

信楽町の茶所と知られる朝宮から信楽川沿いにくだると大津市大石側に鎌倉時代につくられた春日神社本殿（重要文化財）がある。さらにくだると右側の岩壁に彫られた巨大な磨崖仏がみられる。正式名は阿弥陀三尊不動明王磨崖仏であるが、一般に岩屋不動尊、耳だれ不動とよばれている。

金勝寺と狛坂磨崖仏

金勝山のほぼ頂上部に金勝寺がある。奈良時代に良弁が開き、平安時代に入ると南都興福寺の願安が寺域を整備したといわれている。金勝山全域に広がる金勝寺は当時国家公認の官寺の一つに列せられた定額寺であった。

長い参道をもつ金勝寺の本堂には、像高二二三センチの釈迦如来坐像をはじめ平安時代の巨像が多く伝えられ、かつて大伽藍を誇っていたことを物語っているといえよう。

金勝山の山麓の栗東市荒張の金胎寺の敬恩寺、同市御園の善勝寺、井上の吉祥寺などには、平安時代の優品の仏像をみることができる。

金勝寺の西北西の山中に著名な狛坂磨崖仏がある。巨大な岩盤に像高二三五センチの如来坐像と両脇侍立像が半肉彫されている。製作は、奈良時代の朝鮮半島からの渡来人の工人によるといわれている。全体的に重量感あふれる巨像で、県内はもちろんのこと日本を代表する磨崖仏であるといってもよい。

さて、行き先を信楽に水源を発する大戸川沿いにくだると田上平野に出る。この地は太神山（田上山）の山麓に開けたところである。太神山の材木が、七世紀の藤原宮造営に使用されたことはよく知られている。『万葉集』に「近江の国の衣手の田上山の　真木さく桧の嬬手を　もののふの」の長歌をみることができる。

奈良時代の藤原宮・東大寺の造営に際して高島山・甲賀山の材木が切り出され、野洲川・安曇川・琵琶湖を筏を組んで流し、石山の辺りで集積されて、瀬田川・宇治川・木津川そして奈良へと運ばれたのである。

石山寺詣

材木が集積された石山付近に石山寺が建立された。石山寺は、未完成のまま消滅した保良宮造営と深い関係を有していた。天平宝字三年（七五九）に保良宮の造営がはじまり、その鎮護の寺院として、良弁によって石山寺の増改築工事が進められたのである。これによって石山寺は大寺院となった。

石山寺は、平安京と近距離のうえ、風光明媚、そして観音菩薩の霊験と相まって、平安時代後期から天皇・公家との参詣が多くなった。その中で石山寺の名を高めたのは紫式部の参詣であった。それが『源氏物語』を執筆したという伝承を生んだのである。

平安時代に造立された国宝の石山寺本堂には、参籠の間として源氏の間がある。そして石山寺は、西国三十三所観音霊場の第十三番札所としても著名。当寺には日本最古の巡礼札（納札）が存在しているが、庶民の参詣を示す貴重な資料といえるだろう。

大津京跡

大津市街地の西には長等山系があるが、その最南に逢坂山、それと音羽山系の鞍部に逢坂峠がある。

この地は古代から畿内と畿外の接点にあたり、交通の要所に位置している。この地を詠んだ歌は、『万葉集』をはじめその数が多い。

また、逢坂越は大関越とよばれ、その北側には山科と園城寺付近を結ぶ小関越がある。これは大津京以前は、奈良・山科・小関越・近江・越前を結ぶ北陸道にあたっていた。小関越を越えると、その北側に広大な園城寺（三井寺）に接する。園城寺の創建は古く、境内の出土瓦から白鳳時代に遡る。のち円珍が開いた天台寺門宗総本山となった。

園城寺の前を通り北上すると大津市錦織の町並に入る。ここでは昭和四十九年（一九七四）に大津京に関連する大規模な掘立様建物跡が見つかった。大津京中枢部の建物が立地する場所として国史跡に指定された。

大津京は、中大兄皇子（のちの天智天皇）が六六七年に突然この地に遷都をした。この理由として諸説あるが、天智天皇は大友皇子を後継者として考え、大友氏の本拠地に近いこの地を選んだのかもしれない。

天智天皇は、比叡山系の中腹に崇福寺を建立した。昭和前期の発掘調査によって三つの屋根に金堂・講堂・塔・弥勒堂などの建物跡が発見された。とくに塔跡から出土したみごとな奈良時代の舎利容器はみごたえがある。

崇福寺は、大津京の廃都のあとも存続し、多くの人々が参詣をした。崇福寺の麓には京都と近江を結ぶ志賀越が通り、山越えの道として古代から利用された。なかでも嵯峨天皇によるこの道を通う琵琶湖畔の唐崎への行幸はよく知られている。

（木村至宏）

湖東平野の万葉故地をゆく

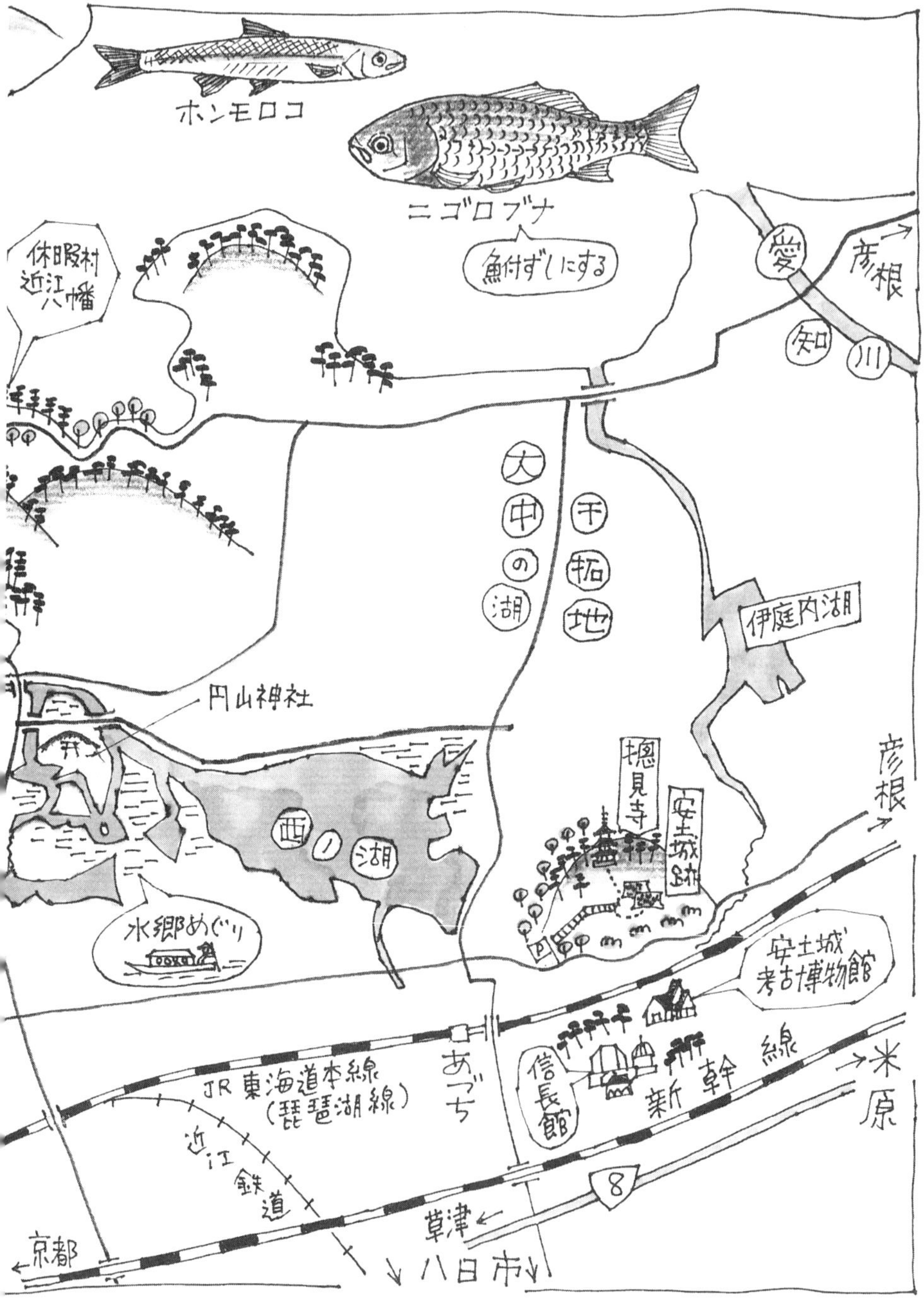
ホンモロコ
ニゴロブナ
鮒ずしにする
休暇村近江八幡
彦根
愛知川
大中の湖
干拓地
伊庭内湖
円山神社
摠見寺
安土城跡
彦根
西ノ湖
水郷めぐり
安土城考古博物館
JR東海道本線（琵琶湖線）
あづち
信長館
新幹線
米原
近江鉄道
8
草津
京都
八日市

琵琶湖
沖島
室町期の本堂と
桃山期の三重塔
八幡堀
奥津島神社
長命寺
参道石段は
八〇八段
八幡城跡
日牟礼八幡宮
旧西川家
八幡堀
白雲館
西川家
郷土資料館
旧伴家
史民俗資料館
白鳥川
水茎
←中主町
日野川
近江八幡・新町通り
近江八幡市
おうみはちまん
大津

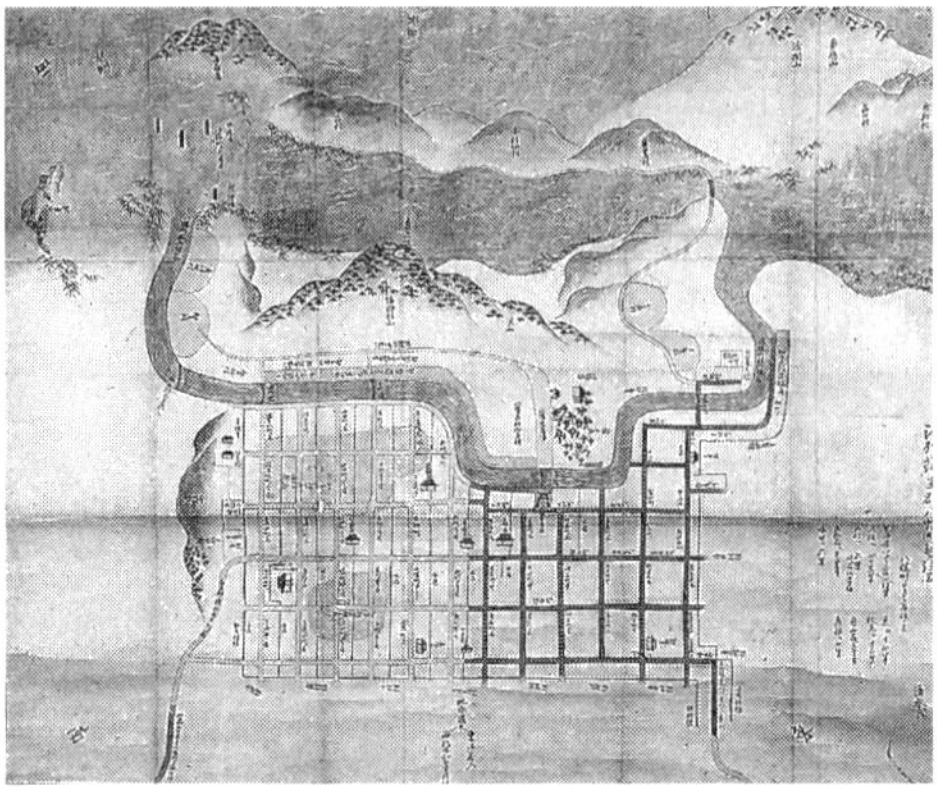

近江八幡古図（近江八幡市立図書館）

豊臣秀次の城下町

天正十三年（一五八五）閏《うるう》八月、豊臣秀次は四国の長曽我部《ちょうそがべ》討伐の功により江州所々二十万石と宿老《しゅくろう》知行《ちぎょう》二十三万石を加えた計四十三万石をあてがわれた。

城地の選定にあたり、城の防備よりも経済性が優先された。すなわち、八幡山南山麓の湿地帯に堀割をつくり、日杉山北の小丘を削って通水させ、その内側を城内、堀より南を城下町とした。

城下町はまず、比牟礼《ひむれ》八幡宮の参道添いにあった馬場村を移転させたが、道そのものは残した。何故ならば、この参道（仲屋町通）と下街道（朝鮮人街道）の交わる付近（出町）は、島郷口と呼称され、市や旅人のための宿屋があったからである。

つまり、長命寺参詣者《さんけいしゃ》や市の賑わいを城下に引き込む政策である。したがって、下街道の交通を城下南端の上筋《かみすじ》通りに、メインストリートは京街道に、長命寺道も城下の東端に、西は日杉山東麓とした。そして、安土や近隣の商人・職人を城下に移住をすすめ、職人や交通関係者は長命寺道添

八幡堀にそって建つ西川甚五郎家

いに、交通量の多い道添いや堀端に近い場所には商人を住まわせた。そのため、安土などから寺も移転させ、掟書を出して町の秩序維持をはかった。

八幡商人のまちなみ

八幡商人にとって、八幡堀は無くてはならぬ存在であった。すなわち、堀は表で、そこから下街道や中山道そして内陸部への諸道に繋がっていたのである。

したがって、周辺の農村からは藺《い》草・麻や瓦の原料となる粘土の運び込み、そして同時に畳表・燈心・蚊帳・麻布・瓦等がこの港で船積みされ、遠くからは奥羽・松前で買い入れた海産物もこの港から陸揚げされた。そのために八幡堀には多くの蔵が並んだ。

つまり、堀端の構えは立派に、裏手の道路側は商品の仕分けや販売のための作業所的色彩が強かった。例えば、堀端に蔵を構える大杉町の西川甚五郎氏宅では荷物はすぐに蔵へ運び込まれ、大杉町の通りの造りは、至って簡素である。

当家は寛永十六年（一六三九）の蚊帳屋仲間の「ゑびすこう御帳」には、

旧西川利右衛門宅

同業者の仲間をつくり、毎月一回の持廻りで夕食を共にする懇親会がもたれていた。しかし後には元禄十年（一六九七）に仲間の人数を制限する申し合わせ、正徳四年（一七一四）には一般への卸小売を戒める申し合わせ等をしている。しかしながら、江戸中期になるとあまりにお互いを索制し合ったり、目先の利益に走り過ぎたため、長浜蚊帳を躍進させることとなる。

新町浜から南へ向かう通りを新町通と云う。とりわけ、二丁目は町並がよく保存されている。旧西川利右衛門宅（重要文化財）は、江戸時代初期からの商人で、寛永十六年（一六三九）以来、蚊帳仲間に名を連ね、蚊帳・畳表などを商い、幕末の頃まで盛んであったが、明治の中ごろ没落した。昭和五十七年（一九八二）三月、近江八幡市に寄贈され、解体修理されたが新町通の町並景観の重要な一翼を担っている。

西川庄六宅（県指定文化財）は、旧西川利右衛門宅の向かいにあり、利右衛門の三代目の弟が分家して以来、代々西川庄六を名乗り、明和七年（一七七〇）に江戸店を開店し、蚊帳・真綿《まわた》・繰綿《くりわた》・扇子《せんす》などを商い、弘化年間（一八四四〜四八）から砂糖も扱うようになった。

近江八幡市立郷土資料館は、もと西村太郎右衛門の屋敷跡である。西村家は屋号を綿屋と称し、初代嘉右衛門は既に慶長年間（一五九六〜一六一

西村太郎右衛門家跡に建つ
近江八幡市立郷土資料館

五）には、町の肝煎《きもいり》として町政にたずさわり、二代嘉右衛門の弟太郎右衛門は海外貿易に従事した。

しかし、太郎右衛門は鎖国によって帰郷できなくなり、長崎にて安南渡海船額を描かせた。なお、資料館は八幡の郷土資料や民俗資料を集めている。

旧伴荘右衛門宅は、江戸初期から蚊帳・畳表・ろうそく等を商った。五代目荘右衛門は蒿蹊《こうけい》と号し、国学者として活躍し著名な『近世畸人伝《きんせいきじんでん》』を著した。

西国札所長命寺

長命寺は天台宗で西国三十三所観音霊場巡りの第三十一番札所で、寺の縁起によると聖徳太子の開基と伝えられている。

しかしながら、『叡岳要記《えいがくようき》』には延喜十二年（九一二）六月、清和天皇の皇子貞頼《さだより》親王が、津田庄を延暦寺西塔院に寄進し荘園と決められた。

また『長命寺文書』（大永七年）によると、頼智《らいち》上人が野洲郡邇保《にほ》郷の鎮守小田神社に参籠した時、当寺の観世音菩薩を拝し、伽藍《がらん》を建立したの

長命寺参詣曼荼羅図（長命寺）

で、それによって寺が大いに繁栄したと記されている。

ところで、『近江輿地志略』は奥島について、島内には仙行《せんこう》山または仙《せん》居《きょ》山と云う山があって、笠鉾《かさほこ》と云う峯にはひじりが住んでいるので近づかないよう云い伝えがあると云うのである。現在、長命寺本堂の裏手には岩陰があり、この場所は天台系修行僧の行場であったし、『大島・奥津島神社文書』にも「ひしり田」・「聖米《ひじりまい》」が見られ、行者の食糧が奥島で確保されていたのである。

中世に入ると三十三所霊場巡りが定着し、室町時代になると庶民の間にも観音信仰は広まり、寺側においても観音様の御利益や、霊場にまつわる霊験譚を喧伝したのである。そのために、長命寺と観音正寺間には近道ができたり、江頭から長命寺まで、舟で往来するなど道路の整備も進んだ。

近江国守護職佐々木定綱は、元暦《げんりゃく》元年（一一八四）に戦死した父秀義の菩提を弔うため、本堂をはじめ釈迦堂・薬師堂・太子堂・護摩堂・宝塔・鐘楼・二王門など建立し、六角氏の祖泰綱も大島郷内の田地を寄進、以後二代頼綱・四代時信・六代満高・十二代定頼の崇敬《すうけい》も厚かった。

現在の伽藍は永正十三年（一五一六）に再建されたものである。本堂右手の三重塔（重要文化財）は三間三重で柿葺《こけらぶき》、その奥の護摩堂（重要文

長命寺

化財）は露盤《ろばん》に「慶長十一年（一六〇六）」の銘があり、方三間の宝形造・桧皮葺《ひはだぶき》、石段上の正面の本堂（重要文化財）は大永四年（一五二四）の再建で桁行七間、梁間六間、入母屋造の桧皮葺である。

大島・奥津島神社

『延喜式』神名帳には、蒲生郡に大一座・小十座の内、大島神社（小一座）・奥津島神社（名神大）が記載され、大島神社は比牟礼の地（宮内町）、奥津島神社は北津田に鎮座していた。

これらの神は、共に宗像神《むなかたのかみ》であるが十一世紀の初頭、比牟礼の地は荘園開発され八幡神が勧請された。八幡神は中世、武神として信仰され南北朝時代になると、社名も比牟礼八幡宮と呼称されるようになった。

それでも大島郷内における式内社はそれぞれの地において祭祀は継続されたが、天正十三年（一五八五）豊臣秀次による八幡山城築城により、郷内の祭祀組織に大きな変化があらわれる。すなわち、従前は、津田内湖を中心に活動していた者の内、八幡浦の経済性に活路を見い出した北庄・多賀・大林・南津田等と新たに船木郷の船木・小船木・大房が加わり、比牟

大島・奥津島神社

礼八幡神社の郷祭りが誕生した。
それに対して、奥津島神社は祭神の性格上、辺津宮・沖津宮の祭祀に矛盾する事はなく、ここに三女神を合祀して大島・奥津島神社として式内社の風格を堅持することとなった。そして南津田を除く祭祀組織は島・北津田を中心に祭りは続けられた。

柿本人麻呂と沖島

『新撰姓氏録《しんせんしょうじろく》』の大和国皇別には、柿本朝臣《かきのもとのあそみ》は大春日朝臣《おおかすがのあそみ》と同祖で、屋敷の門に柿樹があったので柿本氏を称したと記されている。

さて、六六三年八月白村江の戦いで、唐・新羅の連合軍に大敗し、百済の人を乗せた軍船は日本に向かった。翌年、対馬・壱岐・筑紫に防人と烽をおき筑紫に水城をつくった。

六六五年二月、百済の男女四百余人を近江国神前郡に置き、六六六年には百済の人二千人を東国に移住させた。そして、六六七年三月天智天皇自らも、大和国から近江国の大津宮に遷都した。

若き官人柿本人麻呂は、近江への遷都に供奉し琵琶湖畔に辿《たど》りついた。

沖島

しかし、人麻呂自身後年の長歌の中で、何故天智天皇が近江へ遷都したのかその心情をはかりかねていたようだ。その長歌とは、「玉襷《たまたすき》　畝火《うねび》の山の　橿原《かしはら》の　日知《ひじり》の御代《みよ》ゆ　生れましし　神のことごと　樛《つが》の木の　いやつぎつぎに　天《あめ》の下　知らしめししを　天にみつ　大和を置きて　あをによし　奈良山を越え　いかさまに　思ほしめせか　天離《あまざか》る　夷《ひな》にはあれど　石走《いはばし》る　淡海《あふみ》の国の　楽浪《ささなみ》の　大津《おおつ》の宮に　天の下　知らしめしけむ天皇《すめろき》の　神の尊《みこと》の　大宮は　此処《ここ》と聞けども　大殿《おおとの》は　此処と言へども　春草の　繁《しげ》く生ひたる　霞立ち　春日の霧《き》れる　ももしきの　大宮処《おおみやどころ》見れば悲しも　（一—二九）」

「ささなみの　志賀の辛崎《からさき》　幸《さき》くあれど　大宮人《おおみやびと》の　船《ふね》待ちかねつ（一—三〇）」北山茂夫氏は「近江の荒れたる都を過ぐる時」の作について、持統天皇が即位をして父天智の宮都である志賀の地へ行幸した。この時、人麻呂もこの行幸に供奉して天皇に捧呈《ほうてい》した作品であろうとしている。

「淡海《あふみ》の海　沖《おき》つ島山　奥まけて　わが思ふ妹《いも》が　言《こと》の繁けく（一一—二七二八）」この反歌は作者は不詳であるが、〝物に寄せて思を陳《の》ぶ〟の中の一首である。すなわち、琵琶湖の奥深く浮んでいる沖の島のように、心の奥底で愛しい人の将来をあれこれ思い巡らしているのに、愛しい人の浮名のみが私の耳に入って落ちつかないことよと云う男心を焦らしているかのようでもある。

おそらく、湖上に浮ぶ遙かな沖島を眺めて作ったのであろうが、この島が奥津島姫尊《おきつしまひめのみこと》を祭祀する神島である事を知っていたのであろうか。恋人への思いを女神に掛けて詠んだのかも知れない。

湖中の島「沖島」の歴史

沖島は琵琶湖最大の島である。この島へは長命寺港から定期便が出ており約二十分で上陸できる。島の西端の小丘の上には奥津島神社が鎮座している。主祭神は奥津島比売命である。しかし、大化前代は無人島で、島そのものが祭祀の対象とし、禁足地であり神島であった。

例えば江北の湖に孤影を浮べる竹生島、この島もいつきの島として島神を斎《いつ》きまつり、都久夫須麻神《つくぶすまのかみ》と称した。また玄海の直中《ただなか》に浮ぶ沖島が、宗《むな》像《かた》三神《さんしん》を斎《いつ》く沖つ宮として古代人の信仰の中に生まれ、安芸国の厳島《いつくしま》も神の斎く島として瀬戸内海の人々に信仰された。

したがって、神島である沖島は琵琶湖を航行する人々、とりわけ津田内

沖島港

湖の船頭集団によって、湖上安全の神として信仰された。

壬申の乱後、天武天皇が即位すると宗像三神は大和国に勧請された。この神は、辺津宮《へつみや》（玄海町田島）に市杵島姫神《いちきしまひめのかみ》、中津宮《なかつみや》（大島）に湍津姫神《たぎつひめのかみ》、沖津宮《なかつみや》（沖ノ島）に田心姫神《たごりひめのかみ》を祭神としたが、各宮《かくみや》の祭神の移動は何度もあったようで祭神そのものは問題ではない。

またこの神は、近江国の外に山城・肥前・越前・豊前・備前・伯耆・下野国等にも勧請されるようになったが、蒲生郡大島郷に勧請されたのは何時だったのか。おそらく、和銅六年（七一三）五月の郷名制定に際し、この地は大島郷と名付けた。つまり、郷名の大島は奥津島・沖津島がセットであると考えるならば、大島は辺津宮、奥津島は中津宮、沖島は沖津宮の鎮座するところとなり、この地に宗像三神が祭祀された事は確かであり、例えば、奥津島神社の祭神奥津島比売命は『古事記』によると、又の名は多紀理毘売命《かぎりひめのみこと》で『記』・『紀』における宗像三女神の一神である。

『大島・奥津島神社文書』の「大島神鎮座記写」にも宗像神の祭祀由来が記されているが、先述の和銅六年以前に勧請されたのは確実である。

『新抄格勅符抄《しんしょうかくちょくふしょう》』に、神護景雲《じんごけいうん》元年（七六七）奥津島神に神戸一戸を賜っているが、これは神島の霊威《れいい》に対するものであったろう。また『帝王《ていおう》編年記《へんねんき》』には天平神護《てんぴょうじんご》元年（七六五）、竹生島明神が恵美押勝《えみのおしかつ》討伐に功があったとして従五位上を賜ったとしているが、前年に押勝の謀反が発覚して近江国に走った時、『続日本記』（天平神護元年）はこの戦いで被害を被った高島・浅井・滋賀郡に調庸《ちょうよう》を免じ賑恤《じんじゅつ》を加えている。

　したがって、道鏡政権による一時的ではあるが、近江の諸神は優遇されたのは事実であり、道鏡政権はこれらの神を奉斎《ほうさい》する氏族たちを掌握しようとした。その意味で宗像の神を信仰する津田内湖の船頭集団（特に南津田・北津田・島）は水軍として仲麻呂征討に加担した事は察するに難くない。

　この水軍の活躍によって奥津島神は名神大社に列せられ、この神はますます湖上守護神としての崇敬を受け、貞観《じょうがん》元年（八五九）従五位上に昇《しょう》叙《じょ》されるのである。

　但し、神島である沖島は無人島なので実際は、南津田・北津田・島の住民によって祭祀が取り行われていた。その意味で沖島は奥島の一部と考えられていた。

　『大島・奥津島神社文書』によると、応永三十四年（一四二七）宮ヶ浜が奥島の住氏によって耕作されていたこと、寛正《かんしょう》四年（一四六三）大島神社の鳥居《とりい》造替《ぞうたい》の費用五百文を沖島が負担しており、文明元年（一四六九）

「奥島若宮神田《しんでん》土帳《どちょう》」に沖島惣《おきしまそう》は六百文他を負担している。

天文四年（一五三五）、六角定頼は浅井亮政に対抗するため、沖島・薩摩の浦船を徴収した。『長命寺文書』には、この時「矢楯材」を沖島に運んだり、天文十一年（一五四二）には船頭が徴用されている。元亀三年（一五七二）七月、織田信長は小谷攻めを前に沖島惣中に命じ適地の浦々に放火させているが、本来神島であった沖島が漁業を営む島に変身し、舟を巧みに操《あやつ》るために時に水軍として利用されたが、江戸時代に入ると島民は地曳網漁《じびきあみりょう》を生業とした。

湖上交通の要衝

古代における湖上交通は重要であった。それは難波津《なにわつ》と敦賀を結ぶ水上の道であったからだ。例えば、天日槍伝説《あめのひぼこでんせつ》における難波津から淀川・宇治川を遡《さかのぼ》り、湖水を北近江に至るルートは、仲哀《ちゅうあい》二年紀に気長足姫尊《おきながたらしひめのみこと》が角鹿《つぬが》（敦賀）から長門《ながと》に向かっており、神功皇后《じんぐうこうごう》十三年紀にも武内宿禰《たけのうちのすくね》が笥飯大神《けひのおおかみ》（気比神社）を参拝したと云う記事においてもわかる。

また武烈《ぶれつ》即位前紀に見られる「角鹿の塩」は大王の食事にのみ用いられ

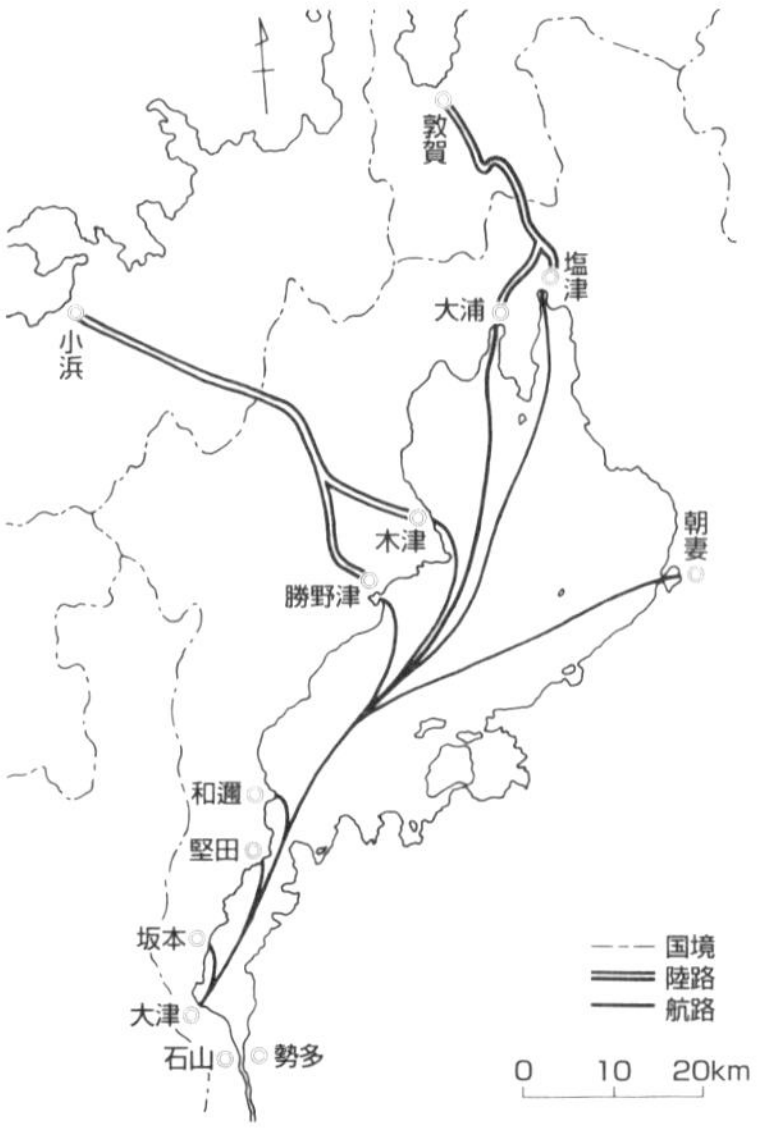

古代の湖上交通、運搬ルート

たし、この塩は陸路で塩津に運ばれ、ここから舟で琵琶湖・宇治川を経て、大王の宮殿に運ばれたのである。

また欽明三十一年紀には、高麗《こま》の使者が近江に到着している。おそらく、日本海を経て敦賀に上陸し陸路を塩津辺りまで来たのであろう。早速、歓迎の船が難波津から琵琶湖へ船を引き上げ、船を飾って使者を乗せ相楽《さがらか》の館《やかた》で歓迎の宴を開いたとある。

ところで六六七年三月、天智天皇は近江国大津宮に遷都した。これによって水上の道は東国へも広がった。例えば、天皇が蒲生野《がもうの》へ遊猟したり匱迮野《ひさの》への行幸も舟を利用した。

また壬申の乱においても、近江朝廷軍は舟で犬上川浜に兵を運んだ。何故なら、天野川浜は大海人方の息長勢が待ち伏せをしているからである。ただちに、精兵をもって玉倉部邑《たまくらべむら》（醒井？）を攻撃したが失敗した。

この乱においては、既に陸路の東山道や西近江路・北国街道の原形ができていたと考えてよく、七〇二年には木曽の山道が開通し、東国と近江・山城・難波津への道は一層盛んになる。その理由として、東海道は熱田から西へ向かう場合、木曽川・長良川・揖斐《いび》川の大河川を渡らなければならず、伊勢に入るまでに遠回りを余儀無くされ、かつ鈴鹿峠は難所であった。その点、東山道は関ヶ原もそれ程ではなく、朝妻《あさづま》港から舟が利用できる。しかし、湖上交通が盛んになると舟数は増え、船も大型化するので舟着場の整備が急がれた。貞観《じょうがん》九年（八六七）、和邇《わに》浜《はま》の舟着場の石垣が壊れて危険だから修理を申請し許可されているが、琵琶湖周辺の港湾は同じような問題を抱えていたのだろう。

しかしながら港の賑わいは、水上交通のみではありえない。必ず陸上交通と連絡をしているのである。『近江輿地志略』の大津の項に大津と八幡は、享保（一七一六〜一七三六）の頃、近江国の二大湊《みなと》と記されているが、この二大湊は陸上交通と湖上交通の接点にあり、人と物が集まる要所であったと云える。

水茎の岡

水茎の岡は、近江八幡市牧町にあり、標高一八七メートル余の丘山で、現在は〝岡山〟と記され北側湖岸は整備されて緑地化し牧水泳場として賑わっている。

しかし、岡山はもと湖水に浮かぶ島で現水茎町と元水茎町は、内湖の湖水と湿地帯であった。戦後、食糧難を脱するため、元水茎内湖は干拓し水田化することとなった。

ところが、昭和三十九年（一九六四）三月干拓事業推進中に、丸木舟らしきものを発見したと云う連絡を受け、四月五日から第一次調査、昭和四十年（一九六五）五月からの第二次調査の結果、七隻の丸木舟が検出された。そして、内五隻は縄文時代後期初頭に位置づけられることが判明した。すなわち、縄文時代の後期において、この内湖から魚や貝を取りに行ったり、かなり遠い所へもでかけて狩猟もしていたのであろう。

また古代において、岡山は野洲郡に属していた。つまり、『和名抄』に云う野洲郡仁保郷であり、条里の線は野洲郡の条里図に一致する。したがって、「近江八幡市字限図」を見ると、田中江町・古川町が日野川の昔の流路である事が判明する。

天智天皇は、六六七年に近江の大津宮に遷都し、蒲生野に遊猟、匱迮野《ひさの》に行幸しているが、この遷都によって『万葉集』に琵琶湖やその周辺の歌が多く詠まれ収められている。「天霧《あまぎ》らひ　日方《ひかた》吹くらし　水茎《みずくき》の　岡の水門《みなと》に　波立ちわたる（七―一二三一）」「雁がねの　寒く鳴きしゅ　水茎《みずくき》の

岡の葛葉《くずは》は　色づきにけり（一〇—一二〇八）」は詠み人知らずであるが、おそらく、東風は水茎内湖の水面に遮《さえぎ》るものがなく、作者は意外な湖面の波立ちに驚いている様子が窺われ、葛の葉も霜が降りる頃には、すっかり変色してしまう。

しかし、内湖は水路を少し南に辿《たど》れば江頭、田中江も小舟で自由に内湖へ出入りでき、小西や牧も湖岸にあって内湖を利用していた。そして、牧に隣接する加茂町には加茂神社が鎮座する。森厳な社《もり》には、京都の加茂社から勧請された加茂別雷命《かものわけいかづちのみこと》・玉依姫命《たまよりひめのみこと》・大雷命《おおいかづちのみこと》・健角身命《たけつぬみのみこと》の四柱が祭祀される。

古代における船木郷は、湖岸の低湿地帯にあったが、八世紀後半以降郷内の開発が進み、船木を本郷として小船木・大房・牧・加茂・田中江に集落が点在するようになった。

皇室をはじめ延暦寺・日吉社・加茂社領がきめた、荘園は総じて船木荘と呼称された。

京都の加茂別雷神社の社記によると、寛治四年（一〇九〇）七月に不輸租田六百余町が寄進されたとあるが、これは白河上皇によるものと考えられ、同神社文書の寿永三年（一一八四）四月、源頼朝の下文には舟木庄は

加茂神社「足伏走馬」

競馬料所に当てられたとある。

すなわち、加茂町は以上のような経緯でほぼ全域が加茂神社領となり、賀茂競馬会《かもけいばえ》における競馬料に当荘の年貢が当てられた。今日でも、上加茂神社における五月五日の祭礼には〝船木荘〟が呼び上げられて馬が馬場を駆け抜ける。

当加茂町の加茂神社においても平成六年（一九九四）に競馬が復活された。毎年五月六日以降最初の日曜日が例祭と定められ、午後三時三十分頃から、「古式の競馬神事」が行われる。馬は寺内・小門内・畑中・鍛冶屋・東西中小路・小西から出され、二頭で七組が馬場で競う。そして、この競馬は上加茂神社の形式に準じて行われるのでこの競馬神事は大変貴重な神事として、年々評判も高くなり、県外からも祭りの調査に来られるという。

九里氏の居城「岡山城」

『近江輿地志略』には、蒲生郡に「九里村」を記し、この金剛寺《こんごうじ》には城があって九里三郎左衛門高雄が城主であったと記しているが詳細はわから

水茎岡山城跡碑

ない。すなわち、「九里村」は近江八幡市金剛寺町内にあって、八条二十九里にあたり、何時の頃からか二十九里が九里と呼称するようになったようで、九里氏は地名を名字とした。

しかし、『大島奥津島神社文書』寛正四年（一四六三）の「鳥居造替銭《とりいぞうたいせん》奉加日記《ほうがにっき》」には、大島神社の鳥居建立のために、九のり殿二貫・九のり三郎殿一貫とあり、当時大島郷内で有力者であった津田・宇津呂・中庄殿の各一貫と比較すれば最高額の寄進者と云う事になる。

九里氏は、六角氏の家臣伊庭氏の被官であるが、『忠富王記』の明応十年（一五〇一）六月一日、舟木庄代官九里員秀《かずひで》は後柏原《ごかしはら》天皇の践祚《せんそ》を祝し、折五合・柳樽《やなぎだる》五荷《か》ならびに金二千疋《ひき》他を贈り、十二月十四日には宮中に納豆を進納している。

右のように九里氏は舟木庄の代官であったが、『今堀日吉神社文書』には文亀元年（一五〇一）十月、保内《ほない》商人に対し馬淵市の御服商売を許可し、翌二年（一五〇二）八月、横関商人との島郷市での御服座相論においても保内商人に軍配を揚げ、同じく伊庭貞隆もこれを承認している。

したがって、寛正四年の鳥居造替銭奉加や明応十年の後柏原天皇への接近、そして文亀元年から二年にかけての馬淵市や島郷市における相論の裁

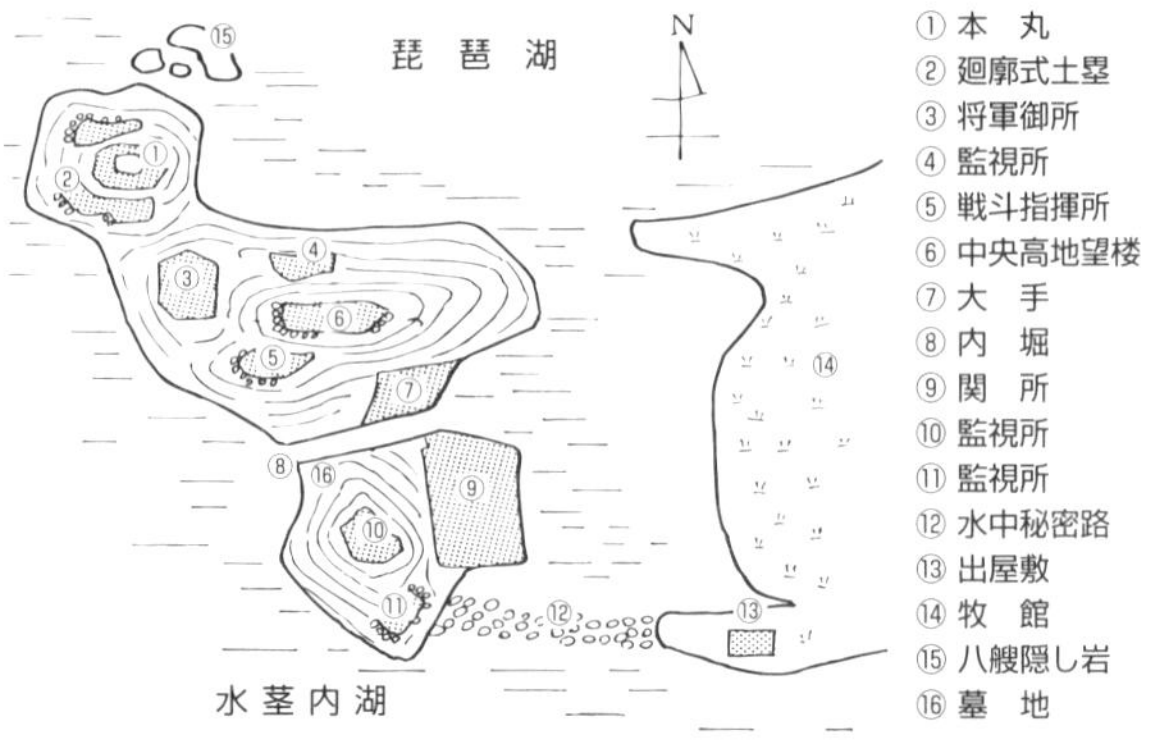

水茎岡山城の図（「成沢邦正『琵琶湖の浮城』」より）

許等、一四六三年から一五〇二年にかけての、約四十年間の頭角ぶりには目覚ましいものがある。つまり、九里氏は大島・船木郷内において宇津呂・津田・中庄氏より数倍の力を得ていたのである。勿論、それは伊庭氏の後盾があっての事であるが。

延元三年（一三三八）七月十八日、佐々木氏頼は、沖島の南朝軍を討つべく高島の横江浜に到着したが、南朝軍に夜襲をかけられ多数の死傷者を出した。

おそらく、この延元三年前後、岡山に砦《とりで》が造られたのであろうが、これは戦時のための臨時の城であったと思われる。したがって、城内に屋形や監視所ならびに土塁等籠城を可能にしたのは九里氏であった。

次に築城開始の時機であるが、文亀二年（一五〇二）伊庭貞隆《さだたか》の乱の直前であろう。すなわち、伊庭氏と九里氏の主従関係の成熟期をこのころと推定するからである。

足利義澄と九里備前守

天下は、まさに麻のごとく乱れる戦国時代であった。そのような明応《めいおう》三年（一四九四）、細川政元は管領《かんれい》になると足利義澄《よしみず》を第十一代将軍に推挙した。

しかし、政元には子なく、九条政基の子を養子（澄之）とし、ついで細川義春の子を養い澄元と名乗らせた。これによって、細川家の惣領《そうりょう》をめぐる内紛が起り、家臣の三好長輝《ながてる》派（澄元）と香西《かさい》又四郎派（澄之）は激しく対立した。

永正四年（一五〇七）、管領細川政元は澄之・香西らに殺され、澄元・三好らは近江国甲賀郡の山中氏のもとへ逃れ、同年八月ふたたび勢力を盛り返し、澄元は澄之を滅ぼした。

こうして、澄元は政元の後を継ぐ事になったが、同族細川政春の子で、もう一人の養子高国と跡目をめぐって争わねばならなかった。

前将軍足利義稙《よしたね》は、高国と通じて京都に帰り、将軍義澄を追放して復職した。ここに、義澄は近江の六角高頼をたよる事となった。

永正五年（一五〇八）四月十九日、坂本から舟で長命寺に渡り、次いで九里備前守の岡山城に入るが、既に永正三年（一五〇六）十一月、六角高頼は山内就綱《つきつな》とも和議に及び伊庭貞隆の乱も終結していた。

一五〇八年、将軍に返り咲いた義稙は、高国を管領職《かんれいしょく》に就任させ、こ

水茎の岡・岡山

れによって九里備前守は将軍職をめぐる義澄と義稙の対立、それに高国と澄元の争いに巻き込まれ、次第に京都方の九里への探索も厳しくなり、かつ主家の内部にも義稙に内通する者がではじめた。

こうした状況の中で、『尚通公記《しょうつうこうき》』は次のように記している。すなわち、永正七年（一五一〇）二月十六日、今日、細川右京太夫高国は江州へ軍を出発させた。富田雲龍軒《うんりゅうけん》は二万人ばかり、細川尹賢《ただかた》らは千四五百人ばかり云々。この日の『実隆公記《さねたかこうき》』は「軍勢は雲霞《うんか》の如き」と云う表現をしているが、これを迎え討つ九里方は「邇々芸志《ににぎし》神社記録」に云う九里一族と木村・伊庭・奈須・井狩・堀等のわずかな軍勢で決死の覚悟であった。

ところが、『尚通公記』の二月廿九日の戦に富田雲龍軒以下多数が討死し京勢は敗走した。こうした中、『足利季世記《きせいき》』は永正八年（一五一一）三月のころ、若君誕生の事が記されこれが後の義晴である。

しかしながら、主家の六角高頼も京勢に味方するようになり、義澄は妻子を連れて播磨国《はりまのくに》の赤松義村を頼る事になり岡山城を出た。

永正八年（一五一一）八月、義澄は細川澄元と赤松義村等に擁《よう》せられて京都に攻め上ったが敗れ、ふたたび九里備前守を頼って岡山城に来た。しかし、不幸にして病となり城中にて死去する。『京都将軍家譜』に享年三

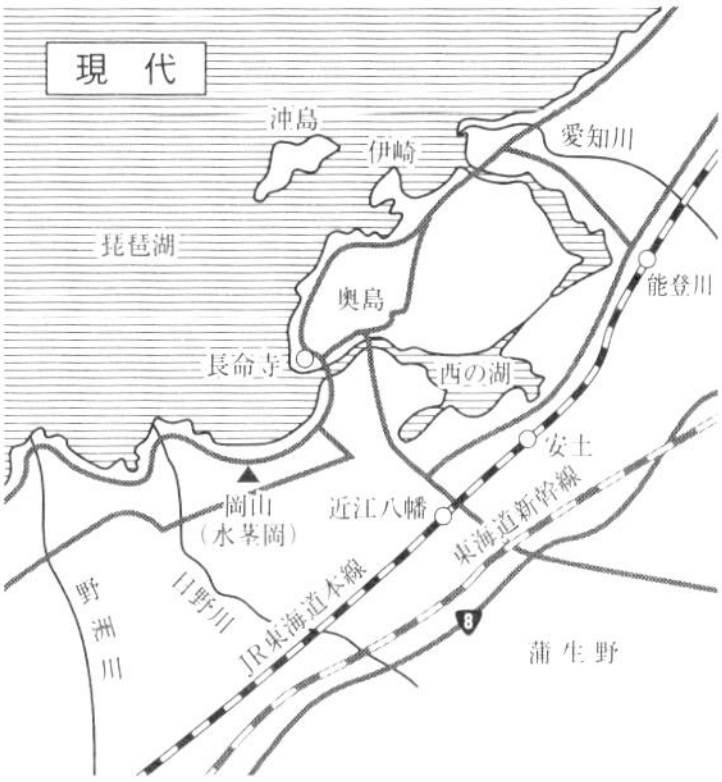

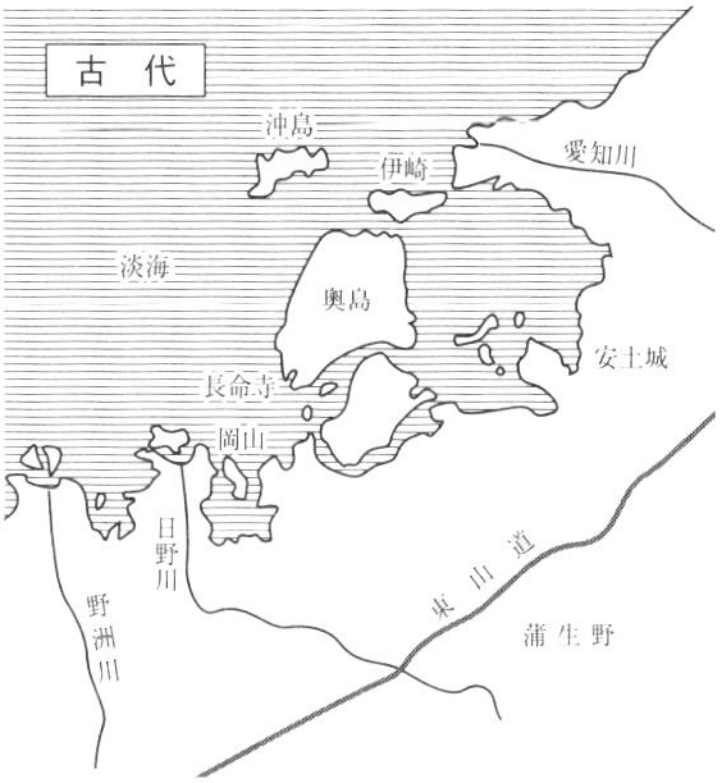

『淡海万葉の世界』より

十二歳、法住院《ほうじゅういん》と号したとある。

このような時、京都の船岡山の戦で六角高頼は義稙に味方し、嫡子定頼を派遣して軍功あり、ために従四位下に叙せられた。そして定頼は君恩報《くんおんほう》謝《しゃ》の忠にことよせて、九里備前守を討つ事を言上し加勢をも約束した。

『重編応仁記《ちょうへんおうにんき》』は、前述の事を記しているが、さらに岡山城は要害にして多数の武士が籠城しているので一計を案じたとしている。それによると、伊勢参宮《いせさんぐう》と称しわずかな供を連れて岡山城を訪ね、九里備前守にも同道をすすめた。備前守は大変喜び、その夜は酒宴の席をもうけ歓待した。何故なら、定頼の来訪と伊勢参宮の同道は、主家との過去の経緯《いきさつ》を水に流すと云う和解を意味するものであった。したがって、この夜ばかりは武士たちも警備を離れ、久方振りの平和を噛みしめたのである。

ところが、夜中に入りて急に城の外でトキの声があがり城を取りまき、城内へ攻め入る一団を発見。その数二千余騎。定頼も何事ならんと驚いたふりをして、傍《そば》にある太刀を抜き備前守を切り倒したと云う。

何たる事か。敵は味方と思った我が主君であった。そして、この後も九里氏は伊庭氏とともに六角高頼に抗戦を続けることになる。（森山宣昭）

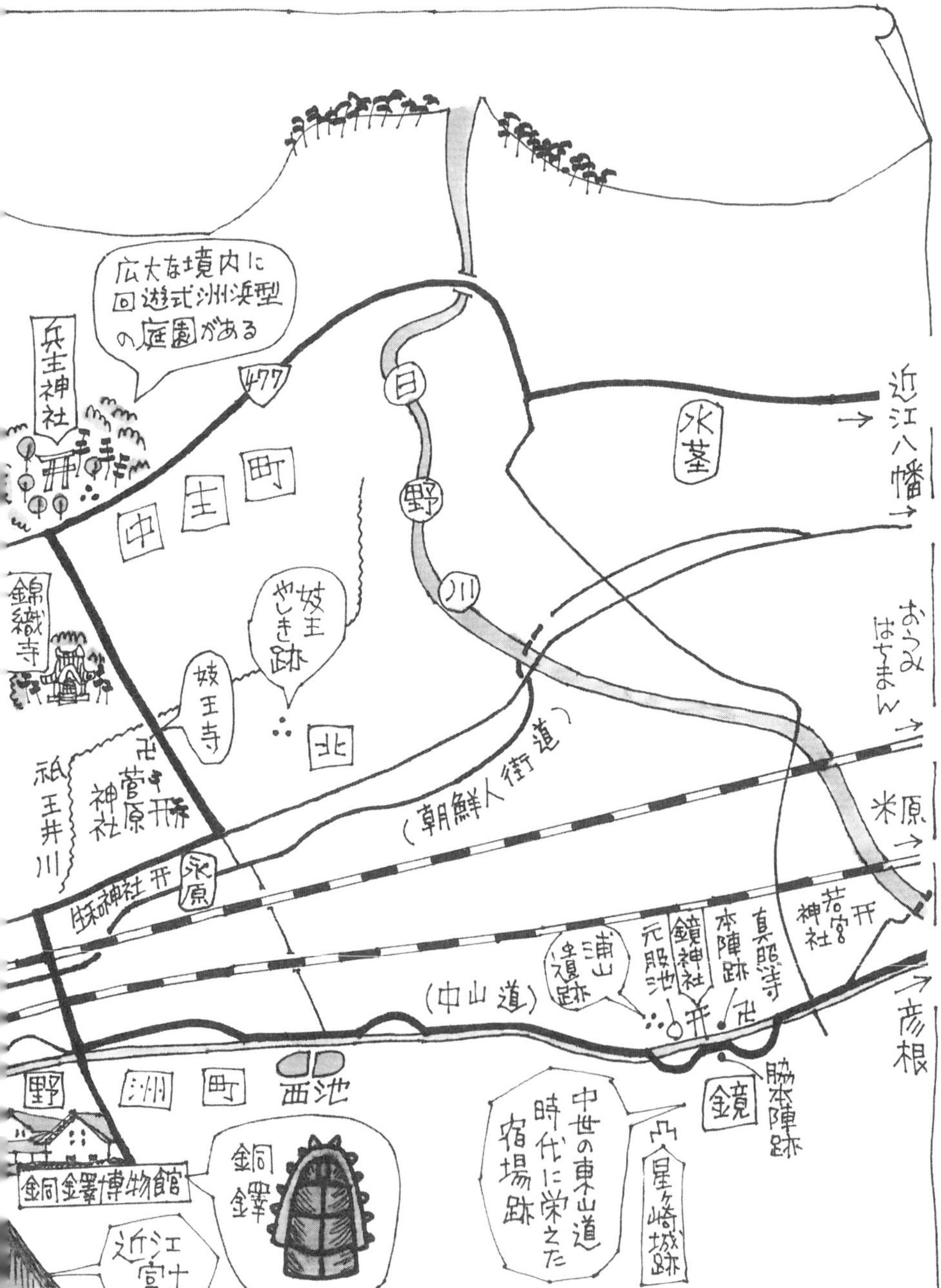

広大な境内に回遊式洲浜型の庭園がある
兵主神社
477
日野川
水茎
近江八幡
中主町
錦織寺
妓王やしき跡
妓王寺
北
祇王井川
菅原神社
(朝鮮人街道)
おうみはちまん
米原
永原
浦山遺跡
元服池
鏡神社
本陣跡
真照寺
若宮神社
(中山道)
彦根
野洲町
西池
鏡
脇本陣跡
中世の東山道時代に栄えた宿場跡
星ヶ崎城跡
銅鐸博物館
銅鐸
近江富士

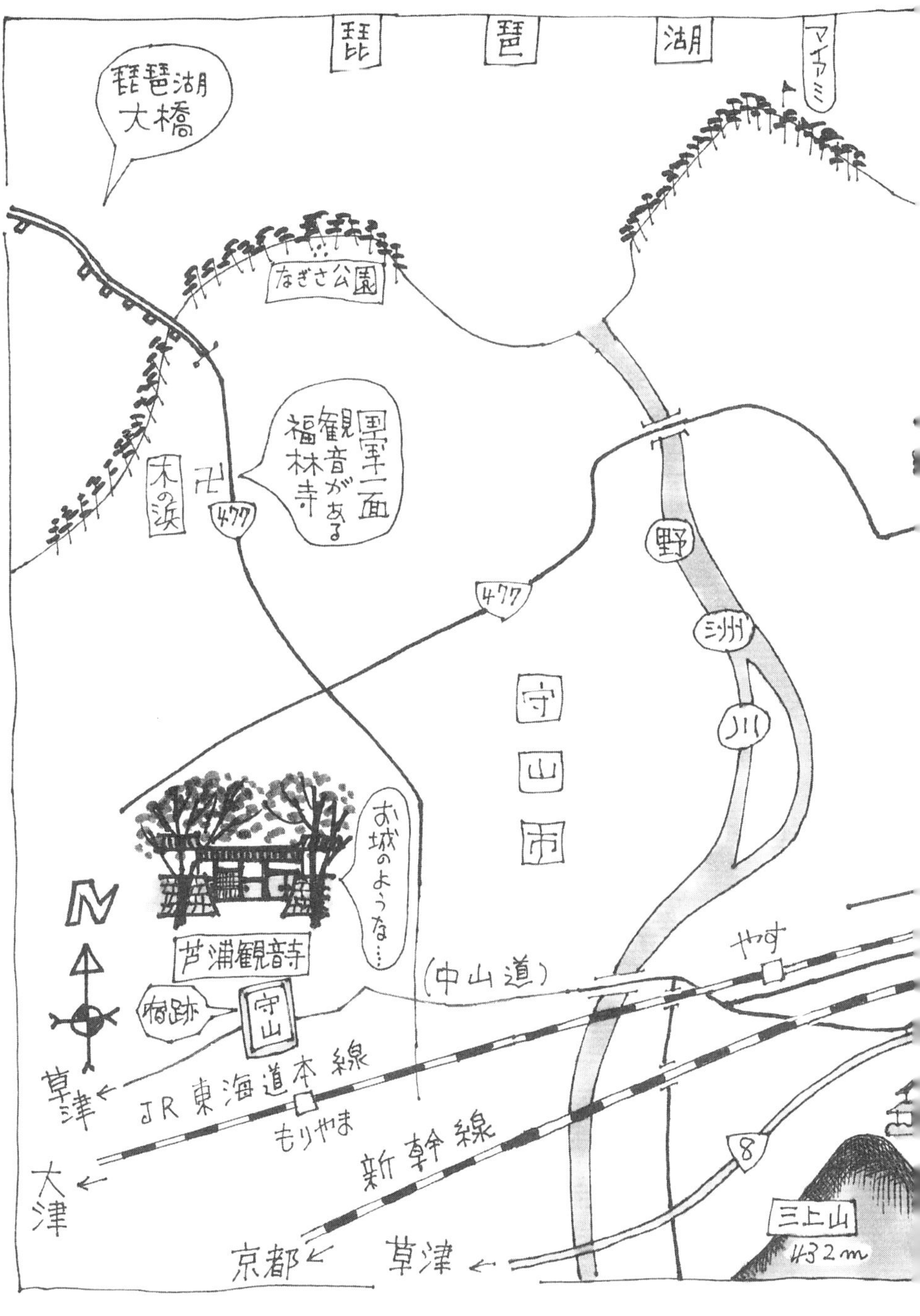

琵琶湖
マイアミ
琵琶湖大橋
なぎさ公園
木の浜
国宝十一面観音がある福林寺
477
477
野洲川
守山市
お城のような…
N
芦浦観音寺
宿跡
守山
(中山道)
やす
JR東海道本線
もりやま
新幹線
草津
大津
京都
草津
8
三上山
432m

野洲川の恵み…

野洲川は、鈴鹿山脈に源を発し、甲賀郡上流部では松尾川、中流部では横田川と呼ぶ。近江太郎とも呼ばれ、古くは安河・益須川などとも記された。甲賀郡を抜け平野部になると扇状地を形成し、野洲町竹生付近で南北に分流して広い沖積地を形成し琵琶湖に注いできた。現在ではこの流れは一つに統一されて新川野洲川放水路が作られ、旧河川敷の堤防の高まりも徐々に取り除き耕地化が進められ大きく景観を変えつつある。

この広い野洲平野には多くの古代遺跡が確認されるようになってきた。凡そ二万年前に人々が生活をはじめたことが石器の発見から分かってきているが、農耕が始まる弥生時代前期に早く集落が営まれるようになった。

守山市服部遺跡からは弥生時代の水田跡が発見されるとともに、集落跡や多数の方形周溝墓群などが発見された。近年、何重にも環濠を巡らした集落跡が下之郷遺跡や二ノ畦横枕遺跡などで発見され、さらに弥生時代の後期には守山市伊勢遺跡や栗

伊勢遺跡（守山市教育委員会提供）

三上山と野洲川

東市下鈎《しもまがり》遺跡では古代の大型の掘立柱建物がある祭祀空間が確認されるようになり、卑弥呼の時代の野洲川下流域の動向に注目が集まっている。

この野洲川の平野に展開した人々の歴史には、下之郷の環濠集落からは戦闘も想定されており、近江の中でももっとも肥沃なこの地は、多くの戦乱をも経験することになった。

六二七年、天智天皇の子大友皇子と天皇の実弟大海人皇子の間の皇位継承をめぐる内乱では、近江軍を破りながら南下してきた大海人の軍は七月十三日野洲に至った。『日本書紀』には、「壬寅《みずのえとらのひ》（七月十三日）に、（村国）男依《おより》等、安河の濱《ほとり》に戦ひて大きに破りつ。」「丙午《ひのえうまのひ》（七月十七日）に、栗太の軍を討ちて追ふ。辛亥《かのとゐのひ》（七月二十二日）に、男依等瀬田に到る。」と記されている。三上山の麓で天之御影神を奉斎した安直氏など野洲の古代勢力は多くこの時に滅んだことが考えられよう。また、中世や近世初頭の争乱にあって、野洲川は戦場となった。

そして、度々おとずれる旱魃の時は、雨乞いをして神に祈ることも各地で行われた。寛永三年（一六二六）の旱魃には、野洲川左岸の今井十郷と荒井六郷が争論し、今井千二百人荒井七百人が弓・槍・長刀などを持って対峙し、百姓が武器を持って争うことが禁じられていたにもかかわらず合

兵主大社朱塗りの楼門

戦となり処罰を受けたことに気付かないわけにはいかない。
野洲川は、江戸時代の記録にも荒れ川であることが記されるが、氾濫洪水を引き起こし、多大な被害を生じ人々を苦しめてきたことも事実であり、国営事業による大河川改修が進められた所以である。ところで、野洲郡の地理的中心は南北に川が分かれた竹生付近であり、天井川化したこの地にはかつて竹生郡設グラウンドがあり、野洲郡の連合運動会も開かれた。万葉集に詠まれた野洲川は、歴史の中でいろいろな面を持って来た。

野洲の古社兵主大社

兵主大社は野洲川右岸の下流域琵琶湖に近い平地中主町五条に立地し、三上山の麓に鎮座する御上神社とともに野洲郡を代表する古社である。祭神は大己貴命《おほなむちのみこと》（八《や》千《ち》矛神《ほこのかみ》）であるが、天日槍系の人々の斎き来った外来神とも言う。『延喜式』神名帳に記された野洲郡の名神大社「兵主神社」に比定され、社伝によると養老二年（七一八）の造営という。

史料上の所見は『三代実録』貞観四年（八六二）正月二十日の条によると正五位下を授けられ、その後急速に昇叙して、同十六年八月四日条には

兵主大社の庭園

従三位となった。従三位の神階授与されたのは野洲郡では三上神と兵主神のみであり、中世には軍神として武家の尊崇するところとなった。

氏子圏は広く、五月五日の春祭りには多くの神輿を出す。十二月初旬に行われてきた八ケ崎《やつがさき》神事は、兵主大明神が湖上を渡来したことにちなむ神事で、宮司が八ケ崎の湖中で神を迎えるかたちが残っている。

両側に翼廊をもつ朱塗りの楼門（県指定文化財）が鮮やかで、昭和四十五年の解体修理時天文十九年（一五五〇）の墨書が発見され、室町末期の建築様式を伝えている。翼廊付きの拝殿の奥にある本殿（町指定文化財）は大型の切妻造一間社で正面に向拝をつけ、棟札から寛永二十年（一六四三）に建立されたことがわかる。

本殿・拝殿の南側には国指定の名勝庭園が広がっており、近年の護岸修理に伴う発掘調査において、平安時代の洲浜敷護岸や長大な遺水、排水の溝、本来の境内と外を限る土塀などが発見され、大規模な庭園であることが明らかとなった。また、庭園の中之島では度々の祭祀が行われたことが分かってきており、雨乞いの神事が行われたことが考えられる。兵主十八郷の雨乞いの社としても重要な意味を持ったのであろう。雨乞いのお礼に踊りをし、社殿境内の修理普請をおこなってきた。そして、多数の宝物が

錦織寺表門

伝えられている中で、天正十八年（一五九〇）九月「大工洛陽三条与二郎」作の大きな鰐口は、祈雨（雨乞い）の喜びに巨鐘を鋳造して宝前に掛けたことを記している。境内の宝物館には観応二年（一三五一）の鎧である白絹包腹巻（重要文化財）をはじめとする多くの宝物が伝えられている。

また、兵主神社には古代以来の歴史を持つ供祭簗《やな》があり、神主である井口氏をはじめ神社に関係する宮座の座衆は簗衆としての側面を持っていた。神社の北側に野田内湖があり、江戸時代には神社境内本殿の際まで舟入があったことなども、大切であろう。

神社を出た正面には「条里の郷」との看板を見かけ、「五条」「六条」の地名が野洲郡の条里地割に由来することを再確認することができる。

真宗木辺派の本山錦織寺

中主町木部の集落にある真宗木辺派本山錦織寺《きんしょくじ》は、天安二年（八五八）の創建と伝え、その後天正年間には真宗と浄土宗の二宗兼学に、延享二年（一七四五）には真宗一派本山となり、大正五年に真宗木辺派として本山寺院となった。門前には、法雲院と宝樹院の二つの塔頭的寺院があり、十

錦織寺御影堂

八世紀前期頃と考えられる県指定文化財の表門を通り中門をくぐって境内へ入ると、広大な敷地の正面に元禄十四年（一七〇一）再建された大きな御影堂（県指定文化財）がある。そして、阿弥陀堂、天安堂がならび、その奥に親鸞の御廟がある。また、東門に近く日吉山王社があり、御影堂の西側に享保二十年東山天皇の旧殿を拝領して移築したといわれる大広間御殿があり、その奥に庭園がある。数多くの建物があり、壮大な寺観が整っている。なお、境内の南側には木部神社が鎮座している。

天安堂内には、檜材の一木造、平安時代後期作の寺の草創に係わる毘沙門天立像（町指定文化財）が安置されている。延暦寺第三代座主円仁和尚（後の慈覚大師）が弟子の円智に命じ堂を建立させ毘沙門天王を安置し、この時の年号に従いこの堂を天安堂と言った。

親鸞が関東で流布していたとき霞ヶ浦の水底に仏像があることを予言し、仏像が引き上げられ人々が信仰を深めることになった。親鸞はこの阿弥陀如来像を関東から帰洛の時笈におさめて持ち帰り、この天安堂に歩みを留めた。親鸞は、阿弥陀如来を笈の上に安置して浄土真宗の教えを説いたと伝えている。また、滞在中、四条天皇の暦仁元年（一二三八）七月六日の夜には天女が錦を織って仏前に献《ささ》げ、その錦を朝廷に献上されたので、時の天皇から「天神護法錦織之寺」と勅額を下され、寺名の由来となったという。

このように奇瑞霊験著しい尊像であったが、元禄七年（一六九四）五月五日宝蔵より発火して大火となったときこの霊像も被災したものの、大切な尊像として阿弥陀堂に安置されている。また、嘉祥三年（一二三七）四月、親鸞が『教行信証』の最後の二巻「真仏土の巻」「化身土の巻」を完成して自ら真向きの影像を描かれ、「満足の御影」として安置されているという。また、笈掛けの松、菰川、藤塚などの伝承地が作られている。

東祇王井

祇王井伝説と妓王寺

中主町と野洲町の境に近年平地河川化が進められた童子川がある。この川は西祇王井《にしぎおうい》とも呼ばれ、野洲町大字永原・中北・北の旧江部庄三か村の田用水であった「祇王井」と呼ばれる人口河川の一部である。この祇王井は、野洲町三上地先（字七間場）の野洲川のほとりを水源とし、朝鮮人街道に沿うように直

妓王寺

線的に流下し、生和神社（野洲町冨波乙）の裏で東西に分かれる。東祇王井は、引き続いて北東方向に朝鮮人街道沿いの町並みの裏手を流れ、天井川の家棟川の下をくぐって永原の上町・下町を通り、さらに北の土地を潤してきた。西祇王井は、中之池川と一体となり冨波甲地先を北へ流れ、現在町立体育館の東側を通り、童子川に合流して流下し、さらに大字北の北方で東祇王井と再度合流して、琵琶湖野田浦まで流れている。

水源から十キロ余り、流路は条里制地割に沿っているところが多い。江部の庄地域へたどり着くまでに七か村を通ってきたが、この上流部での用水の使用は容易に認められず、江部庄の三か村の独占的な用水であった。

この特色ある用水路は、平清盛の寵愛を受けた祇王が、用水に困っていた故郷のために清盛に願い開削してもらったとの伝承がある。

『平家物語』に収録されている「祇王の事」は、祇王を中心に祇女・仏御前・刀自の四人の女性が極楽往生を遂げるという仏教説話として有名であり、祇王の「祇」自体が神を暗示させる。祇王の故郷や祇王井について記されているわけではないが、中北にある妓王寺《ぎおうじ》は祇王の菩提を弔うために建立された寺であり、祇王の没年を建久元年（一一九〇）七月十五日と伝えている。北村季吟が書いた山城の地誌『菟藝泥赴《つぎねふ》』（一六八四年執筆）

永原御殿跡

には、祇王が中北村の出身で、伝説の祇王井川があることを記している。

平成元年八月二十五日には妓王寺において祇王の八百回忌法要が行われた。妓王寺の諸経費は旧江部庄三か村で負担しており、三月中頃に十か村の役員が水源に集まり、四月上旬に「井上《ゆのぼ》り」を行う。七月二十三日には祇王井関係古文書の虫干を妓王寺で行い、八月二十五日には十か村の役員が参加して祇王の命日として法要が営まれる。

祇王井開削の伝承の中で童子川は、瀬尾太郎兼康が命を受けて水路を掘ろうとすると、童子が現れて童子が引く縄に従って掘るように促し、野洲川から野田村まで縄印を引いて消え、その通り掘ったところ承安三年（一一七三）三月十五日一日一夜にして成就することができた。この童子を祀るのが土安《てやす》神社であるとも伝えている。勿論、童子川の名前もこの童子に由来すると言うのである。伝承とは異なり、祇王井の用水は強力な国衙権力が関与したのではないかと考えられている。

江戸幕府直営の永原御殿

祇王井の用水を利用して水論を戦ったことがある。寛政十一年（一七九

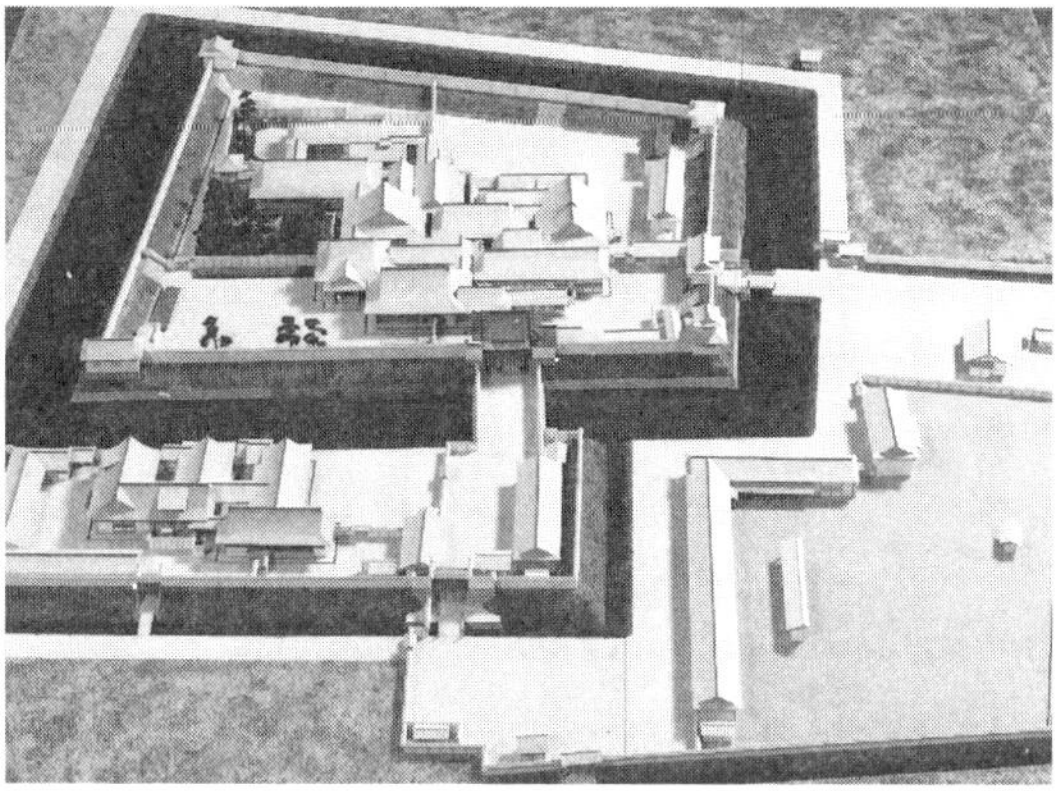
永原御殿復元模型（野洲町立歴史民俗資料館提供）

九）三上村と南桜村は共同して野洲川の対岸の村々と水論で対抗の野洲川をめぐる争論で、神ノ井が御殿用水であると主張したようである。御殿は永原にあり、「史蹟 永原御殿阯」の石柱は、約一町四方の本丸北東角に見つけることができる。南東部の堀の屈曲部では堀際の裾部に石垣が築かれていることが確認できる。中心部は竹藪となっているが、堀が埋め立てられている東側を除き、周囲には高さ三メートルほどもある土塁がめぐっている。

将軍上洛時の宿泊施設で、天守こそないが、本格的な城郭である。永原から京都まで一日の行程であり、幕府の手で設けられ、芦浦代官が支配した。寛永十一年（一六三四）三代将軍家光の上洛に際し、大規模な改修整備がなされた。その時の大工が延べ四万四千人、三の丸が増設され、百石の米蔵も造られた。その後将軍の上洛は停止され、貞享元年（一六八四）に御殿が廃止となり、建物を取り壊し跡地管理は地元に任された。広い竹藪となった御殿跡の西側は馬場が通り、堀跡も明快である。

寛永十一年当時の状況が模型として復元され銅鐸博物館に展示されており、壮大な御殿の様子を確認することができる。本丸には実に多くの建物があり、表向、奥向、家政所の大きく三つの部分に分けられる。建物の屋

菅原神社（神門は県指定文化財）

根は板葺きで、南の門と米蔵のみが瓦葺きであったようだ。二の丸には賄所があり、三の丸には長い馬屋（三間×五十間）があった。

御殿や御茶屋と呼ばれる施設は、将軍の上洛時等の宿泊や休息所として利用された。近江では永原以外に水口、伊庭（能登川町）、柏原（山東町）に設けられ、水口・永原の次は京都の二条城であった。

享保十九年（一七三四）寒川辰清編纂の『近江輿地誌略』では、妓王堂の項に「妓王妓女共に江部氏の者の二女子也。江部氏の者の城跡は今の御殿跡是也と云ふ。」とあり、また、永原御殿跡の項にも江部氏の居宅の跡というとあるが、江部氏についてははっきりしない。徳川家康の上京料として一万石与えられた内野洲に千石あり、止宿のため御殿を再興したと記している。御殿と呼びながら城で、本丸・二の丸・三の丸等があり、矢倉が四つ、本丸の多聞二つは伏見の城から移したとも記している。

初代歌学方　北村季吟のふるさと

永原御殿跡の南隣にある菅原神社は、かつて飯《いい》尾《お》宗《そう》祇《ぎ》も足をとめたことのある永原天神である。江部庄の郷社としての性格と、永原氏との関係も

北村季吟画像（季吟文庫蔵　野洲町立歴史民俗資料館提供）

注目される。俳諧・和歌・古典を究めた国文学者北村季吟は、寛文二年（一六六二）正月十八日、天満宮の社頭に立ち、「かミがき《神垣》やこゝも北野の名にしおハゝ　さかふる《栄》うめ《梅》のかげ《影》もかはらじ」と詠んでおり、境内に歌碑が建てられている。

　北村季吟は、江戸時代の初め寛永元年（一六二四）十二月十一日に、北村宗円《そうえん》の長男として生まれ、宝永二年（一七〇五）六月十五日江戸で亡くなっている。一般には俳聖松尾芭蕉の先生に当たるとともに、数多くの古典の注釈書を書いた人として知られている。最も驚かされることは、版木に彫って世の中に出版されたものだけに限っても十一種類、百八十余冊もの注釈書を著述していることである。日本の古典の学習にあたっては、きわめて重要な人である。

　季吟の苗字は、近江国野洲郡北村（現在の野洲町大字北）に由来する。北村に暮らした季吟の祖父北村宗龍《そうりゅう》と宗龍の長男宗与は家業の医者と永原天神の連歌宗匠とを継ぎ、宗龍の二男宗円が季吟の父で、京都に出て医を学ぶかたわら連歌も学んだ。

　季吟は、通称久助といい、慮庵・七松子・拾穂軒《しゅうすいけん》などの号を使い、祖父や父がそうであったように、早くから家業の医学を学んだと考えられる。

北村季吟の句碑

当時の医学教育は、儒学はもちろん古典の講読なども必修の科目であって、後の古典の学習も、決して医学の正統から逸脱したことではなかった。

寛永十六年（一六三九）十六歳で安原貞室《やすはらていしつ》に入門し、二十二歳の暮れに松永貞徳《まつながていとく》の門に入り一生懸命に学んだ。若年ながらも貞門における地位は高まり、慶安元年（一六四八）二十五歳で季題の解説書『山之井』を刊行し、明暦二年三十三歳の時に、三月に祇園社頭での俳諧合を行い、七月に『誹諧合』六巻として刊行し、宗匠として独立した。

寛文元年（一六六一）三十八歳から天和三年（一六八三）六十歳ころまでには、古典注釈書を次々と刊行し、五十歳に完成した『湖月抄』は、紫式部が石山寺に参籠し湖上の月に興味が湧き『源氏物語』を書いたとの伝説から、その注釈書に命名した。

ところで、明暦元年（一六五五）三十二歳で執筆した秘伝書『俳諧埋木』は、延宝元年（一六七三）五十歳にようやく刊行された。それは、大坂から広がりつつあった談林派の勢力に対抗し、貞門の正統性を強調する必要があったことと関係する。

季吟は、元禄二年（一六八九）六十六歳で幕府に召され、奥医師列に加わり将軍綱吉の和歌の指導を行う歌学者となり、初代歌学方が成立した。

銅鐸出土跡碑

元禄十二年七十六歳のとき十二月十八日最高位の法印となり、再昌院の号を受けた。宝永二年（一七〇五）六月十五日八十二歳で、季吟はその生涯を閉じた。

季吟は、八幡や湖南を中心に各地に季吟の門人がおり、故郷の人々との関係を大切にしていた。昭和三十年には北村季吟顕彰会が設立され、季吟の二五〇回忌を記念して北自治会館前に「祇王井にとけてや民もやすこほり」の句碑が建立されている。六月十五日の命日には法要と北村季吟顕彰俳句会が行われている。季吟の祖父宗龍や従兄弟宗雪の墓塔などが建ち並ぶ了福寺跡も、季吟家と密接な関係を持つ木村家により守られている。

最大銅鐸を含む大岩山銅鐸群

北付近から見ると南東に鏡山、その南側に頂上が平らな城山があり、南に三上山が見え、その前面に妙光寺山・田中山が見える。田中山の前面に張り出した部分が野洲町小篠原字大岩山であり、日本最大の銅鐸が発見された銅鐸出土地である。ちょうど、神体山三上山と鏡山の中間の位置にあり、銅鐸出土地に隣接して建てられている銅鐸博物館では、大岩山銅鐸を

大岩山銅鐸（複製　銅鐸博物館提供）

はじめ県内出土の銅鐸を幅広く紹介している。なお、鏡山の山麓竜王町山面からは扁平鈕式の銅鐸二口が入れ子で出土している。

大岩山からは、明治十四年（一八八一）に十四口、昭和三十七年（一九六二）に十口の銅鐸が出土した。明治に出土した銅鐸群は丘陵斜面から出土し、大中小が入れ子になって埋められていたと考えられ、突線鈕式に入る新しい段階の銅鐸群である。その中でも東京国立博物館所蔵となった大岩山一号銅鐸は、高さ一三四・七センチ、重さ四五・四七キログラムを測り、現存するものの中で最大の銅鐸であり、銅鐸の形式編年上最も新しく位置づけされる最後の銅鐸でもある。

また、昭和に出土した銅鐸群の中で、流水紋銅鐸は尾根上から単独で出土し、残りの九口は明治の出土地から四十メートル程度離れた斜面から出土し、入れ子になって埋納されていた。やはり突線鈕式の銅鐸群である。

平成八年十月十四日、島根県加茂岩倉遺跡で銅鐸三十九口が発見されるまでは、日本で最もたくさん銅鐸が出土した場所であった。出土数では開きがあるが、大岩山の、明治と昭和の二回の出土銅鐸が並んだ状態は壮観で、迫力がある。また、大岩山銅鐸群の中には近畿地方に特徴的な近畿式銅鐸と三河・遠江に典型的な三遠式銅鐸の両方の銅鐸が出土する場所であ

銅鐸博物館前面の弥生の森歴史公園

り、この点でも注目される。

明治の大岩山銅鐸の発見は、子どもたちが山遊びに行って見つけたことがきっかけであった。昭和の銅鐸は東海道新幹線工事に伴う土取り工事中に出土し、古物商へ持ち込まれ、巡回中の警察官が気づいたことで現地調査が行われた。加茂岩倉遺跡の発見は多くの古代史ファンを引きつけるとともに、緻密な調査が進められたが、大岩山銅鐸の発見時期が早過ぎたことが残念でならない。文化財に多くの人々が関心を寄せる今日、今発見されたならばきわめて多くの情報を銅鐸と出土地からくみ取ることができることは間違いない。遺跡は破壊してからでは取り返しがつかないといわれる所以であり、大岩山の銅鐸出土地から逆説的な意味で学ぶべきことは多いのではなかろうか。ともかく、銅鐸博物館では開館以来年三回銅鐸研究会を開催しており、銅鐸とその時代の謎の究明に挑戦している。

注目される大岩山古墳群

大岩山銅鐸が出土した丘陵には、現在消滅したが大岩山第二番山林古墳、大岩山古墳があった。その前面に張り出した丘陵上に立地する天王山古

桜生史跡公園

墳・円山古墳・甲山古墳の三つの古墳が桜生史跡公園《さくらばさま》とし平成十三年秋開園された。銅鐸の次の時代、古墳時代に連綿と古墳が造り続けられた地域として注目される。現在残されている八つの古墳が「大岩山古墳群」として国の史跡に指定されている。

最も古く位置づけられるのが平野部にある全長四十二メートルの前方後方墳の冨波古墳、三角縁神獣鏡三面を出土した古冨波山古墳と消滅した大岩山丘陵にあった古墳である。中期には平野部に亀塚古墳・大塚山古墳が築かれているが、近時小篠原地先から全長約九十メートルで二重の周濠を巡らす前方後円墳、林ノ腰古墳が発見された。その次ぎに位置づけされるのが桜生史跡公園の三古墳であり、野洲だけではなく近江をも代表する後期古墳であることが明らかになってきた。そして、首長系譜の最後の古墳宮山二号墳は、銅鐸博物館の敷地の一角にあり、花崗岩の組合式石棺が安置されている。

桜生史跡公園にある天王山古墳は、全長約五十メートルの前方後円墳で、前方部において横穴式石室が発見された。円山古墳は、直径約二十八メートル、高さ約八メートルの円墳で、円山古墳は埋葬施設に横穴式石室をもち、熊本県宇土半島産の阿蘇溶結凝灰岩でつくられた刳抜《くりぬき》式家形石棺がお

円山古墳の石室・石棺

さめられている。また、その奥には二上山の凝灰岩を用いた組合式家形石棺も見つかった。

甲山古墳はその直径約三十メートル、高さ十メートルほどの円墳である。埋葬施設は規模の大きい横穴式石室で、その内部には円山古墳と同様、熊本県宇土半島産の阿蘇溶結凝灰岩でつくられた刳抜式家形石棺が安置されている。

これら三つの古墳のうち、円山・甲山古墳は盗掘を受けていたにも関わらず、ガラス玉などの多量の玉類、鉄鏃・刀・挂甲などの武器・武具類、鏡板付轡や雲珠をはじめとする馬具など多くの遺物が発見された。

両古墳の石棺材が約八百キロも離れたところのものであったことは注目すべきことである。継体大王の擁立の背景には、近江・越前・尾張・淀川流域などとともに九州中西部の勢力が関係したといわれる。このことが、畿内や近江に熊本産の石材による石棺の存在や九州的要素が多く伝播していることと関係し、甲山・円山古墳の被葬者が継体王権と密接に関係したことが考えられる。

国宝大笹原神社本殿

篠原の宿と鏡の里

中山道は東山道をかなり踏襲していると考えられるが、古代の東山道はかなり直線的な計画道路であった考えられている。『延喜式』には篠原の駅馬が十五匹が配置されており、遺跡の調査からは鎌倉時代頃には大篠原の街道沿いに集落が営まれるようになったことが明らかである。鎌倉幕府を開いた源頼朝は、文治元年（一一八五）十一月駅制を制定したといわれ、京〜鎌倉間を東海道とし、近江では東山道を踏襲した。

『東関紀行』仁治三年（一二四二）八月の「京より武佐」への項には「篠原といふ所を見れば、西東へ遙かなに長き堤あり、北には里人住みかをしめ、みなみには池のおもて遠く見えわたる。」とあり、都を立った人は篠原の宿に泊まるものであったが、家居もまばらになり鏡の宿に奪われ、さびれた篠原の情景が記されている。

壇ノ浦で捕らえられた平宗盛と清宗父子は、元暦二年（一一八五）鎌倉へ送られた後、京へ護送される途中篠原で斬られ、首だけが京都へ送られた。現在大篠原地先に宗盛の胴塚があり、蛙不鳴の池が存在し、首洗い池

西光寺跡

もあった。大篠原の集落の山手には応永二十一年（一四一四）馬淵氏により建立された大笹原神社本殿（国宝）や境内社篠原神社本殿（重要文化財）、岩蔵寺の薬師如来立像（重要文化財）などが知られ、馬淵氏にかかわる古城山城、永原氏の城山城がある。

竜王町との境には星ヶ崎（星ヶ峯）城がある。鏡側の山麓には西光寺跡があり、鎌倉時代の宝篋印塔と室町時代の石灯籠（ともに重要文化財）が残されている。鎌倉時代から室町時代にかけての将軍の宿陣にはこの寺も利用された。宿の各所に鏡の里保存会によって表示板が掲げられ、鏡の入り口近くには義経の元服に係わるという元服池があり、宿内の義経宿泊の館跡地には石碑が建てられている。

鏡山の頂上に磐座があり、貴船神の祠が祀られ雨乞いに関係が深く、頂上近くに雲冠寺があった。明治二十四年鏡山東麓から二つの銅鐸が出土した。

なお、万葉集に多くの歌が載せられている額田王は、大海人皇子（後の天武天皇）に愛され十市皇女を生み、のち天智天皇の妃となったが、その父は鏡王である。額田王の姉鏡王女は、天智の妃となり、のち藤原鎌足夫人となった。鏡は、額田王の出生地ともいわれるが、明らかでない。

鏡神社

天日槍伝承と須恵器生産

国道八号沿い竜王町にある鏡神社は天日槍《あめのひぼこ》を祭神としているが、創建等は明らかでない。本殿（重要文化財）は室町時代の装飾をもつ三間社流造の鏡神社の裏手にも須恵器の窯跡の存在が確認されている。野洲町から竜王町にかけての鏡山の周辺は、古代の近江最大の須恵器窯跡群を形成している。六世紀から八世紀にかけての操業が知られるが、六世紀後半から七世紀初め頃が生産のピークと考えられる。

この須恵器生産に関しては、『日本書紀』垂仁天皇三年の条に「天日槍、菟《う》道河《ぢがわ》より泝《さかのぼ》りて、北近江國の吾名邑に入りて暫く住む。」「鏡村の谷の陶人《すゑびと》は、天日槍の従人なり。」との記載とも密接に関係し注目される。竜王町に須恵という地名があり、吾名邑を竜王町綾戸の苗村神社と関係づけて考えられることもある。また、『日本書紀』天智八年十二月条には、「佐平余自信・佐平鬼室集斯等、男女七百余人を以て、近江国の蒲生郡に遷し居《お》く。又大唐、郭務悰等二千余人を遣《また》せり。」とある。新羅王子天日槍（天之日矛）が渡来し但馬国に至る経緯も興味深いが、鏡山周辺は渡来人の里としても注目される。

ところで、天平十九年（七四七）二月十一日に成立した『大安寺伽藍縁起并流記資財帳』には、天平十六年に賜った墾田地の内として掲げられた野洲郡の百町の墾田が記載されている。ところが、『大安寺資財録抜書』ではその場所は「大篠原也」との注記があり、四至記載の南に「鬼室集斯墓ノ南」の記載がある。鬼室集斯の墓は日野町小野《この》の伝承地が知られているが、大篠原の伝承地が郷土史編纂の中で注目されてきている。

（古川　与志継）

みちしるべ

◆八幡山城跡

近江八幡の北、標高286mの八幡山は別名鶴翼山とも呼ばれ、山頂には豊臣秀次が築いた八幡山城の遺構が残る。

JR近江八幡駅からバス大杉町下車、徒歩5分、ロープウェイ八幡山頂駅下車すぐ

☎0748―33―6061

（近江八幡駅北口観光案内所）

◆長命寺

西国三十三所第31番札所で、「寿命長遠」の御利益があるとされている。標高約333mの長命寺山・山腹にあり、石段を登りつめると、境内から琵琶湖が一望できる。

JR近江八幡駅からバス長命寺下車、徒歩20分

☎0748―33―0031

◆水茎焼陶芸の里

万葉集に歌われた「水茎の岡」にちなみ、湖水を表した淡い青色と、県鳥カイツブリがモチーフの「水茎焼」。展示即売と陶芸教室の開催あり。

JR近江八幡駅からバス陶芸の里下車、すぐ

☎0748―33―1345

◆休暇村近江八幡

琵琶湖国定公園の中にある、日本で最初に作られた休暇村。春は桜、夏は水泳やキャンプ、秋はハイキング、冬は水鳥観察が楽しめる。

JR近江八幡駅からバス宮ヶ浜下車すぐ　竜王ICから車で40分

☎0748―32―3138

◆錦織寺

真宗木辺派の総本山。平安時代初め、慈覚大師円仁が創建。阿弥陀堂・御影堂・東山御殿・御廟などの建物が立ち並び、威厳と格式を感じさせる。

JR野洲駅からバス木部下車すぐ

☎077―589―2648

◆蓮長寺

平安時代中期の作と考えられる木造十一面観音立像が、境内の収蔵庫に安置されている。檜材の一木造りで、左腰をねじったポーズに特色がある。

JR野洲駅からバスさざなみホール前下車、徒歩7分

☎077―589―2865

◆兵主大社

県下でも有数の古社。木々の濃い緑のなか森閑とした境内には、足利尊氏の寄進と伝えられる朱塗りの楼門と鳥居が映える。JR野洲駅からバス兵主大社前下車、徒歩3分／栗東IC・竜王ICから車で20分

☎077―589―2072

◆御上神社

三上山を神体山とし、天御影命をまつる。初詣をはじめ1年を通じて多くの参詣者が訪れている。

JR野洲駅からバス御上神社前下車、徒歩3分

☎077―587―0383

◆銅鐸博物館

大岩山から出土した合計24個の銅鐸を中心に、銅鐸に関する資料を展示した博物館。

JR野洲駅からバス銅鐸博物館前下車すぐ／栗東IC・竜王ICから車で15分

☎077―587―4410

◆大笹原神社

創建は平安中期といわれ、素木造りの国宝本殿は細部に施された彫刻がすばらしく、当時の東山建築文化の粋を極めたものである。

JR野洲駅からバス大篠原下車、徒歩15分

☎077―587―1647

◆妓王寺

平清盛の寵愛を受けた祇王・祇女姉妹と母親、仏御前の菩提を弔うために、村人が建てた寺である。

JR野洲駅からバス江部下車、徒歩15分

☎077―588―0596

あかねさす蒲生野

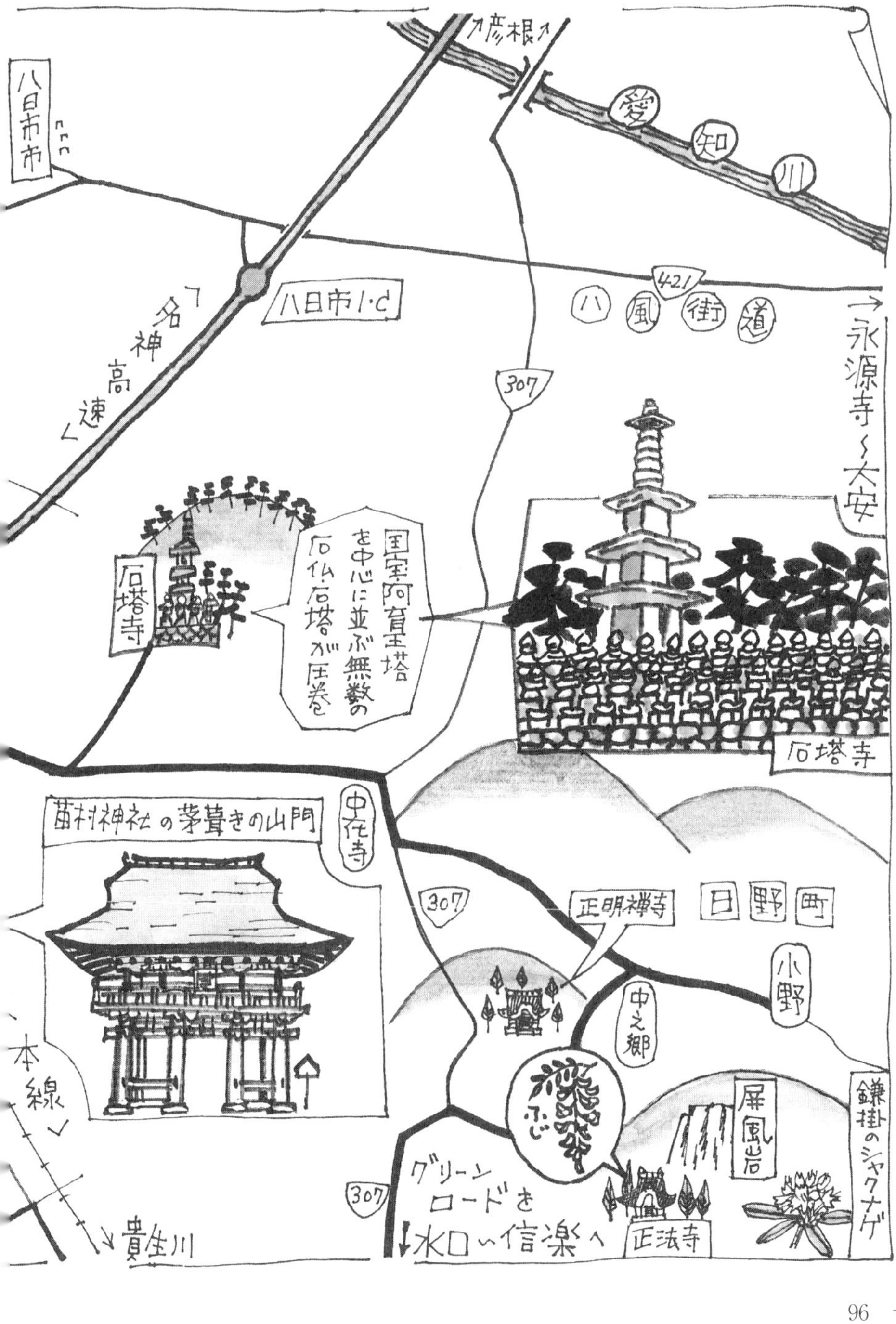

彦根
愛知川
八日市市
八日市I・C
421
八風街道
→永源寺〜大安
名神高速
307
石塔寺
国宝阿育王塔を中心に並ぶ無数の石仏・石塔が圧巻
石塔寺
苗村神社の茅葺きの山門
中佐寺
307
日野町
正明禅寺
小野
中之郷
本線
ふじ
屏風岩
鎌掛のシャクナゲ
307
グリーンロードを
↓水口・信楽へ
正法寺
貴生川

長命寺
米原
彦根
太郎坊宮
ようかいち
本陣跡
脇本陣跡
(東海道山陽)新幹線
(中山道)
近江八幡
万葉の森 船岡山
むさ
武佐宿跡
八日市線
いちのべ
京都
大杉橋
東たにの
布施溜池
布施山
布施公園
草津
雪野山 ふれあい子供公園
国宝の西本殿.
重文の八幡社.
重文の不動明王.
重文の東本殿.
重文の宝塔.
E・T・C….
さくらがわ
中主
雪野山
309m
妹背の里
近江鉄道
万葉の里
苗村神社
477
竜王I・C
蒲生町
アグリパーク竜王
西出
477
瀬田西I・C
日野

太郎坊宮より鏡山方面を望む

渡来文化の蒲生野

古代、中国や朝鮮での政治変動を逃れて、倭人の住む島へやってきた人たちがいた。彼らは倭人と交わるとともに、彼の地の文物や習俗を伝え、当時の社会にさまざまな影響を与えた。とりわけ五世紀や六世紀には、倭の大和王権の政治的動向とも絡んで、進んだ学問や技術をもった人たちが海を渡ってきて、大阪湾周辺から大和川・淀川水系に集団を作って定住した。近江では彼らの多くは琵琶湖の南湖の西岸に住んだ。七世紀後半になると半島の政治的緊張にともなって百済《くだら》から政府の要人や高官も来ている。このように、七世紀末に大和王権が「日本」国号を名乗る前に、大陸や半島から倭の地に渡って来た人たちを渡来人と呼んでいる。

古代において蒲生の地では、篠笥郷《ささき》（安土町）に本拠をもつ佐々貴山君《ささきのやまのきみ》氏が勢力を持っていた。佐々貴山君氏は蒲生郡北東部の山や野を管理し、そこから取れる物を貢ぐことにより、大和政権での地位を確保していた。一方、渡来系の氏族には桐原郷（近江八幡市）に倭漢《やまとのあや》氏系の大友曰佐《おおとものおさ》氏が、安吉郷《あぎ》（近江八幡市）に秦氏系の安吉勝《あぎのすぐり》氏がいた。六世紀に琵琶湖の南西に移り住んだ渡来人は湖の沿岸部に勢力を伸ばしたが、そのなかで日野川下流域に住み着いたのが大友曰佐氏である。桐原郷の川上に位置する安吉郷に住んだ安吉勝氏は、愛智郡に勢力をもっていた依知秦公《えちはたのきみ》氏と同じ秦氏系で、この仲間は琵琶湖より少し内陸部を開発した。

日野川中流の東岸にある堂田《どうだ》遺跡（蒲生町市子沖・鈴・大森）は古墳時代の集落跡である。五世紀の遺構には竈《かまど》をもつ竪穴住居があり、初期須恵器や朝鮮系軟質土器、農耕具の馬鍬が出土することから、渡来系の文化の影響をいち早く受けた遺跡であるとされる。雪野山から続く丘陵にある蒲生町横山の天狗前古墳群には、階段式横穴式石室をもつ六世紀の古墳があり、渡来系氏族に関わるものではないかと推測されている。

七世紀後半に百済から亡命してきた百済の王族とその末裔である余自《よじ》信《しん》・鬼室集斯《きしつしゅうし》・鬼室集信らは、天智天皇八年（六六九）に男女七百人とともに蒲生郡に移住した。その四年前には百済人四百余人が神崎郡に移されている。日野町上野田《こうずけだ》で見つかった北代《きただい》遺跡の古墳は、余自信らに関わる墳墓と推測されていて、同町寺尻の野田道遺跡でも同時期のオンドル状遺構をもつ竪穴住居跡や製鉄技術を窺わせる遺物が見つかっていて、渡来人との関連が指摘されている。

金柱宮址（八日市市小脇）

平安時代末期の『梁塵秘抄《りょうじんひしょう》』には「新羅が建てたりし持仏堂の金の柱」とあり、同時期の『山槐記』には「金柱　古麻長者持仏也」とみえる。この資料だけでは古麻長者が渡来人かどうかはよくわからないが、八日市市には狛（古麻）長者に関わる伝説がいろいろとあり、狛長者は蒲生野を開発した渡来人と推測する説も出されている。このように、蒲生郡には渡来系の氏族が列島の他地域と同じように数度にわたりやってきて、その時々の渡来系の文化の痕を残している。

蒲生野を推測

万葉集に詠まれた蒲生野の位置については諸説あるが、一般には、瓶割《かめわり》山の東、箕作《みつくり》山の南、布施《ふせ》山の北側の一帯だと推測されている。

「蒲生」の語義は、植物のガマの生える地を意味するとされ、十世紀の『和名類聚抄』には「加万不」と訓がつけられている。和銅五年（七一二）に編まれた『古事記』上巻に、天津日子根命の子孫としてみえる蒲生稲寸などの用例が、蒲生の語の初見資料である。「蒲生野」は、養老四年（七二〇）に撰された『日本書紀』にみえる天智天皇七年（六六八）の遊猟の

蒲生野付近の地図

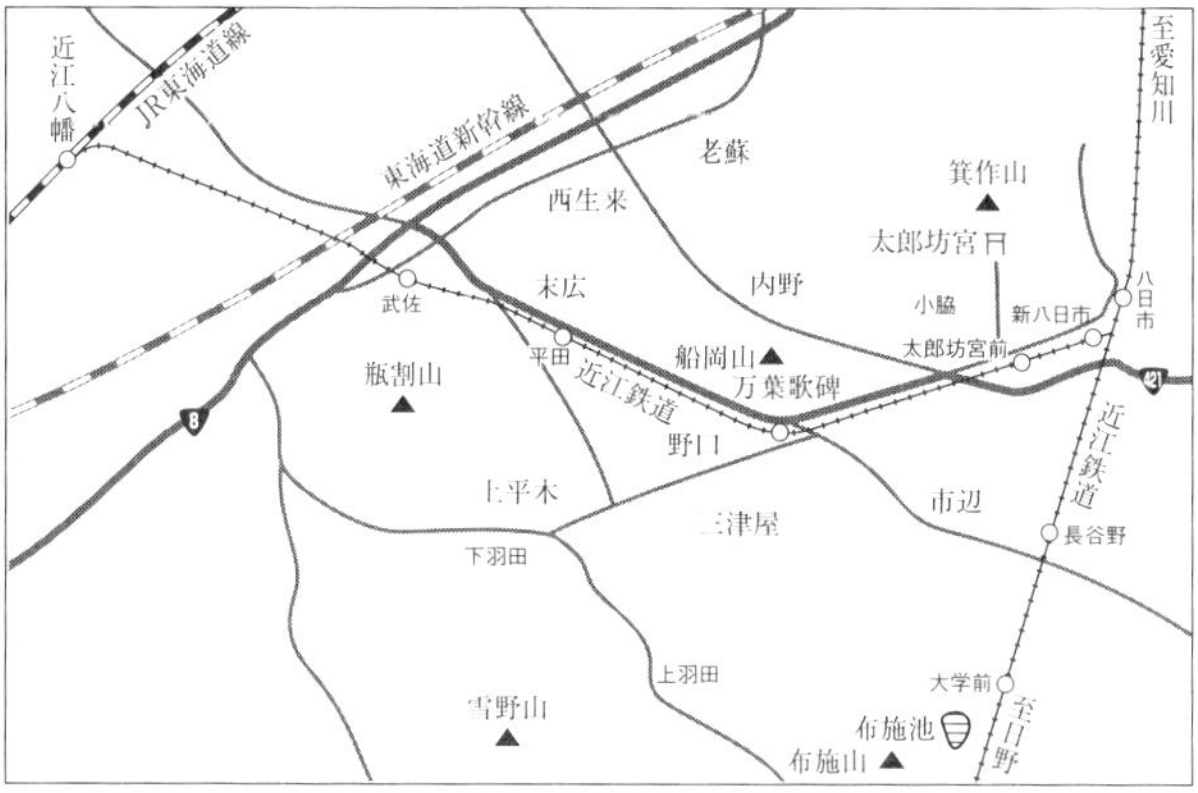

記事が始まりである。「蒲生野」という名称は、蒲生の地にある野を意味し、湖や川から離れた内陸にあって、水田や宅地に開発されていない土地を指し示していると考えられる。

遺跡の分布をみると、一般に蒲生野と推測される一帯には古墳時代の集落遺跡は少なく、古墳の分布も箕作山の南麓や布施山の北麓には少ないことから、古墳時代までは充分に開発されていない土地であったといえる。また奈良・平安時代の統一的な土地区画・土地呼称である条里の遺構をみると、蒲生郡では近江八幡市域・竜王町域・蒲生町域で条里があり、八日市市域でも雪野山の麓の上羽田町《かみはねだ》から下羽田町付近にはあったが、それより東側では条里は見られず、そのころも未開発地であったといえる。

蒲生郡の地質をみると、箕作山・瓶割山・布施山に挟まれた一帯は、日野川沿いの沖積層と愛知川沿いの沖積層との間の低位段丘層にあたり、沖積層に比べて水田開発が遅れたと推測される。また地名をみると、近江八幡市西生来《にしょうらい》に「蒲生野口《かもののくち》」、末広に「上蒲生野《かみかもの》」、「下蒲生野《しもかもの》」、安土町内《うち》野《の》に「蒲生野《かもの》」、八日市市三津屋・野口・平田に「蒲生野《かもの(かまうの)》」、市辺に「蒲生野口《かものくち》」、「小蒲生野《こがもの》」の小字名がある。

平安時代前期の『拾遺和歌集』には、「蒲生野の玉の緒山に住む鶴の千

蒲生町市子殿むらさきの公園内に建つ「あかねの郷」碑

年は君が御代の数なり」と詠んでいて、玉緒山（布施山）が蒲生野にあると思われていた。平安時代末期、後白河上皇の撰になる『梁塵秘抄』には、「近江にをかしき歌枕、老曾《おいそ》轟《とどろき》蒲生野布施の池…」とあり、蒲生野が老《おい》蘇《そ》や布施池の近くにあったとしている。建武二年（一三三五）の『実暁記』には「武佐より一里にして蒲生野駅」とあり、その駅家は八日市市小脇《おわき》の宿に比定されている。これらのことから、蒲生野の位置については、一般にいわれている瓶割山の東、箕作山の南、布施山の北側の一帯だといえる。

現在、蒲生野の万葉歌碑は八日市市糠塚の船岡山にあるが、竜王町川守の妹背《いもせ》の里にも額田王《ぬかたのおおきみ》像などが作られ、蒲生町も「歌垣の町・蒲生」をアピールし、市子殿のむらさきの公園内に「あかねの郷」の碑があるなど、蒲生野のイメージに因んだ町づくりがそれぞれに盛んである。

蒲生野の相聞歌

天智天皇七年（六六八）五月五日、天皇が皇太子らとともに蒲生野に遊猟したときに、額田王が作った歌が「あかねさす　紫野《むらさきの》行き　標野《しめの》行き　野《の》

守《もり》は見ずや　君が袖振る（一―二〇）」、皇太子の大海人皇子《おおあまのみこ》がそれに答えた歌が「紫草《むらさき》の　にほへる妹《いも》を　憎《にく》くあらば　人妻ゆゑに　われ恋ひめやも（一―二一）」で、蒲生野の贈答歌としてよく知られる歌である。

この歌は、遊猟の後の宴会における即興の歌とみられていて、『万葉集』でも雑歌の部類で扱われている。額田王が、紫草の生えている標野を歩いていると君が袖を振っている、野守は見ないでしょうかと詠んだところ、皇太子がそれに答える形で四十代の額田王を「紫のにほへる妹」と返したもので、そのおもしろさから万葉集に載せられたと考えられている。

額田王は鏡王の娘に生まれ、額田部氏の養女として育てられた女性で、皇極朝と天智朝の後宮に勤める女官であった。『日本書紀』には「額田姫王」と記され、天武天皇の子の十市皇女《とおちのひめみこ》を産んでいる。『万葉集』には十二首の歌が収められていて、蒲生野の歌の他には「熟田津《にきたつ》に　船乗りせむと　月待てば　潮も適《かな》ひぬ　今は漕ぎ出《い》でな（一―八）」などの歌が知られ、儀礼的な作品と宴席での遊びの歌の双方に優れた作品を残している。

妹背の里に建つ額田王・大海人皇子の像

ところで、『万葉集』は八世紀の半ば以降に、大伴家持らが編纂した歌集である。蒲生野の歌の題詞に「天皇の蒲生野に遊猟し

ムラサキグサ

たまひし時に、額田王の作れる歌」、「皇太子の答へませる御歌」とあるが、天皇や皇太子などの称号は七世紀末以降の成立で、下注の「明日香宮御宇天皇、謚して天武天皇と曰ふ」の天武の謚号も八世紀後半のものである。また『日本書紀』を引用する左注も、八世紀の後半になって付け加えられた。このように蒲生野の歌は、『万葉集』の編集に際して元の歌にいろいろ注釈を加えて仕上がったものである。その上、天智朝ころまでの初期万葉と呼ばれる時代の歌は、声で披露されたものであり、文字で詠む歌とは延ばしや区切りなどの印象がかなり違っていたと思われる。現在、蒲生野の歌として親しむ名歌も、このような点にまで注意して味わう必要があるといえる。

さらにまた、下注があるにもかかわらず、皇太子が後の天武天皇である大海人皇子であったかどうかわからないとする説も出されている。天智朝の段階においては大友皇子が皇太子であったとする記録もある。一般的な解釈のように額田王の歌に対して一児をもうけた天武が答えたのではなく、額田王の娘の十市皇女を娶った大友皇子が義理の母に「紫のにほへる妹」と持ち上げて、宴をより楽しいものにしたという情景も考えられる。

船岡山の万葉公園

船岡山の万葉歌碑

蒲生野の歌は、『万葉集』が享受される中で、近代になってから宮廷の華やかな相聞歌として知られるようになり、小説や絵の題材にも採り上げられるようになった。『万葉集』全二十巻の巻一にあり、歌の調子・内容だけでなく題詞などからも注目され、この歌により万葉好きになる人も多いといわれるほど、万葉集愛好家を惹き付けてきた。

その名歌を刻んだ歌碑が、蒲生野の遊猟から千三百年にあたる昭和四十三年（一九六八）五月五日に建てられた。近江鉄道の市辺駅の北側にある阿賀神社の裏の丘を船岡山と呼び、ここにその碑がある。前年春に八日市文学会の会員の間から話が始まり、夏には蒲生野顕彰会を結成して、歌碑の建設に取り組まれた。建設候補地の選定、土地所有者の了解、市民への呼び掛け、碑文の影本の入手、石材の購入、募金集め、由緒を記す副碑文の決定、除幕式の準備などが、一年がかりで精力的に進められた。

碑文は、題詞の下注のある最も古い資料でもある、十一世紀末に書写された、伝藤原行成筆といわれる元暦校本『万葉集』の写本から採られた。

市神神社の万葉歌碑

丘の上の大きな自然石に嵌め込まれた縦一・五メートル、横一メートルの御影石に、「茜草指武良前野逝標野行野守者不見哉君之袖布流」、「紫草能尓保敞類妹乎尓苦久有者人嬬故尓吾恋目八方」の万葉仮名が、題詞とともに刻み込まれている。

歌碑が建てられたころ船岡山は見晴らしのよい小丘であったが、現在は木が茂っていて蒲生野を見下ろせなくなっている。しかし、万葉の愛好家や歌人らが年々、多く訪れるようになってきている。平成五年（一九九三）、船岡山一帯は八日市市により万葉の森として整備された。山の北麓には万葉植物園が作られ、ウメ、ハギ、ムラサキ、アカネなど、万葉の歌に出てくる花木や草花百十種類が植えられている。芝生広場の端には、蒲生野の遊猟の姿を描いた大きな陶板のレリーフが設置されている。毎年秋にはここを会場に万葉まつりが開かれ、公募の歌のなかから蒲生野大賞を選び、前年に大賞に輝いた作品を歌碑にして除幕するイベントを実施している。

八日市市立中央公民館の大ホールには、陶板レリーフの基になった蒲生野の遊猟を描いた図柄の緞帳が懸かっている。中央公民館の近くにある市神神社には額田王の極彩色の木像が祀られていて、万葉研究家の犬養孝の筆による「君待つと　吾が恋ひをれば　我が屋戸の　簾動かし　秋の風吹く（四―四八八）」の額田王の歌碑も立つ。

壬申の乱と蒲生野遊猟

蒲生野の遊猟は大津京遷都の翌年五月五日の端午節の行事であった。『日本書紀』によると、「天皇、蒲生野に縦猟《かり》したまふ。時に、大皇弟《ひつぎのみこ》・諸王《おほきむたち》・内臣及び群臣、皆悉に従なり」とあり、朝廷あげて取り組まれた。端午節は古代中国の行事で、『荊楚《けいそ》歳時記』などによると、菖蒲酒を飲み、薬草を摘んで邪気を払ったという。この風習が飛鳥時代に取り入れられ、推古天皇十九年（六一一）五月五日に大和の菟田野で「薬猟」が行われている。男性は鹿狩りをし、女性は薬草を摘んだ。蒲生野に来た翌年の五月五日には山科野で遊猟が行われていて、朝廷の恒例の行事だったとされる。

蒲生郡にはこれ以前にも倭の大王《おおきみ》が狩猟に来たことがある。それが市辺《いちのへの》押磐《おしは》皇子の話である。安康天皇三年（四五五）、近江の狭々城山君韓帒《ささきのやまのきみからふくろ》が「淡海の久多綿《くたわた》の蚊屋野《かやの》」に猪・鹿が多くいると奏上したことから、安康天皇の弟の大泊瀬《おおはつせ》皇子が従兄弟の市辺押磐皇子を誘って近江に狩猟に来た。そして二人が馬を進めていたところ、大泊瀬皇子が「猪あり」と叫ん

市辺押磐皇子の墓

で市辺押磐皇子を弓で射殺したという。その後、大泊瀬皇子は即位して雄略天皇となる。市辺押磐皇子には億計《おけ》と弘計《をけ》の二人の遺児がいて、播磨に逃れていた。雄略の没後、弟が先に即位して顕宗天皇となり、兄が継いで仁賢天皇となった。兄弟は、狭々城山君倭帒《やまとのふくろ》の妹の置目《おきめ》の記憶により父の遺骨を掘り出し、陵墓を作った。『日本書紀』と『古事記』では少し異なるが、おおよそはこのような経過であった。この事件は、倭王「武」に比定される雄略が王位継承を目指して繰り広げた権力闘争の一齣でもあった。

明治八年（一八七五）、宮内省より市辺押磐皇子の墓が八日市市市辺の円墳に治定されたが、現在では古墳の形態や地形等からみて無理があると考えられている。市辺の地名は明治七年に東破塚《こほしづか》村と西破塚村が合併した時に名付けられた。久多綿の蚊屋野については、蒲生郡綿向山の麓付近とする説と、愛知郡の蚊野郷にあてる説とがあるが、これも決め手に欠ける。説話からすると、久多綿の蚊屋野は狭々城山君氏が関係することから、同氏の勢力圏であった蒲生郡・神崎郡の野であったと考えられ、佐々貴山君氏の本拠のあった繖山《きぬがさやま》の麓に近い蒲生野が有力な候補地になる。天智天皇七年（六六八）の蒲生野の遊猟も、同氏などの現地での協力があったと

羽田氏一族のものと推測される八幡社古墳

思われ、宴席では久多綿の蚊屋野の故事が語られていたかもしれない。
天智天皇十年十二月、天智が没すると、子の大友皇子と天智の弟の大海人皇子とが皇位継承について対立し、翌年に内乱となった。壬申の乱である。前年より吉野に逃れていた大海人は六月に東国に入って軍勢を徴発し、七月二日に美濃の不破《ふわ》道を通って近江に侵入した。七日に坂田郡の息長《おきなが》の横川、九日に犬上郡の鳥籠《とこ》山、十三日に野洲川と、大海人軍側は破竹の勢いで進撃し、二十三日に大友皇子が自殺して内乱は大海人皇子の勝利に帰した。翌年、大海人は大和の浄御原宮《きよみはらのみや》で即位して天武天皇となり、律令制に基づく国作りを推し進める。この壬申の乱に際して、大友側の将軍に羽田公矢国《はたのきみのやくに》がいた。羽田氏は雪野山山麓の八日市市羽田を本拠にする氏族という説があり、八幡社古墳はその一族のものとも推測されている。

古代灌漑用水「布施の溜」

蒲生野の南東、布施山の麓に「布施の溜」がある。面積は約十四ヘクタールで、奥には新池と呼ぶ別の溜池もある。平安時代末期の『梁塵秘抄』には、近江にをかしき歌枕として布施の池が出ていて、布施溜が平安時代にまで遡

布施溜

る古い溜池であることが知られる。

『続日本紀』の天平宝字八年（七六四）八月条に、使いを遣わして池を近江等の国に築かしむという記述があり、また延暦四年（七八五）に亡くなった淡海三船の卒伝に、天平宝字八年に造池使に充てられ近江国に往きて陂池を修造すと記されていて、この池が布施溜に当たるとする説がある。奈良時代の大規模な池の築造は条里をともなう耕地の開発と関連するが、布施溜の周辺にそのような開発の跡は見られないことから、奈良時代の池かどうかはよくわからない。布施の池は歌枕として紹介されていることから、あるいは池の名称に興味が持たれていたのかもしれない。

古代の池としては大和の磐余《いわれ》池、河内の狭山池、讃岐の満濃池などがよく知られるが、近江でも犬上郡に東大寺の墾田にともなう水沼《みぬま》池があった。水沼池には池の中に水門が作られ、池の下側には池尻田と呼ばれる耕地が開かれていた。蒲生郡でも承平二年（九三二）の東生郷の田地を書き上げた文書に「池尻田」の名があり、古代に池が存在したことが知られる。

平成元年（一九八九）度から始まった布施溜池整備事業により、池の中央部分が浚渫され、三ヘクタールが埋められて広場となった。昔の堤防にあったクロガネモチは広場の道沿いに今もそのままに残されている。周囲には水鳥の観察小屋、遊歩道なども設置され、冬季になると、カモ、ハジロ、アイサなどの水鳥を見に訪れる人も多い。

雪野山と三角縁神獣鏡の出土

平成元年（一九八九）秋、標高三百八メートルの雪野山の山頂から古墳時代前期の前方後円墳がみつかり、竪穴式石室から三角縁神獣鏡などの遺物が見つかった。その後の数次にわたる調査により、全長七十メートル、後円部径四十メートル、高さ四・五メートル、前方部長さ三十メートル、高さ二・五メートルの規模をもつ古墳であることが明らかになった。

調査のきっかけは、雪野山史跡の森整備工事で、山頂に展望所を作ることになり、事前調査が実施されたことによる。調査成果がマスコミにより報道されると大きな話題になり、十月一日の公開説明会には遠近から二千名以上の人が参加したという。

竪穴式石室は長さ六・一メートル、幅一・五メートルで、粘土床の上に舟形木棺を納めていた。遺物には棺内から内行花文鏡、鼉《だ》龍鏡、三角縁盤龍鏡、三角縁四神四獣鏡など五面の鏡、鍬形石、琴柱形石製品、鉄製や青

雪野山古墳の出土状況（八日市市教育委員会）

銅器製の武器類が、棺外からも武器・武具類、装身具としての竪櫛、合子や靫《ゆき》背負い板などの漆塗製品が出土した。

雪野山古墳は遺物などから四世紀中葉のものとされ、蒲生郡では安土瓢箪山古墳と並ぶ前期の古墳となる。現在、山頂に登ると看板が立っていて、木々の間から蒲生野を見下ろすこともできる。

雪野山の東麓にある八日市市中羽田の八幡社古墳は、三つの横穴式石室をもつ古墳時代後期の前方後円墳で、羽田氏に関係する古墳とされている。その他にも、周辺には多数の後期古墳がある。

あかね古墳公園

雪野山の南西にあたる蒲生町川合《かわい》・木村には、滋賀県内では最大の中期古墳群として県史跡に指定されている木村古墳群がある。かつては雨乞山古墳、久保田山古墳、ケンサイ塚古墳、神輿塚古墳、石塚古墳等があったが、現在では雨乞山・久保田山のみが残り、近年になって築造時の姿に復元整備され、「悠久の丘　蒲生町あかね古墳公園」として公開されている。

整備された雨乞山古墳は一辺六十五メートル、高さ十メートルの方墳で、

あかね古墳公園

墳丘は二段階よりなり、南北二方向に造り出しがつき、墳頂部には竪穴式石室が復元されている。久保田山古墳は直径五十七メートルの円墳で、雨乞山と同じく二段階の墳丘と南北二方向の造り出しがあり、約四万五千個の葺石が貼り付けられ、約四百本の信楽焼の円筒埴輪が据付けられている。

ケンサイ塚は濠を巡らした古墳で、昭和三十五年（一九六〇）に発掘された。直径約七十～八十メートル、高さ十メートルの墳丘は二段階に造られ、裾部には葺石が貼られていた。造り出しのついた円墳または帆立貝式古墳とみられている。墳頂部からは家型埴輪や円筒埴輪、粘土郭内からは鉄製の副葬品などが見つかっていて、それらの遺物は発掘にあたった同志社大学に保管されている。木村集落の西端にある神輿塚古墳は、雨乞山と同規模の方墳であるが、東半分は宅地のため、西側のみ発掘調査されている。造り出しや周濠が確認され、葺石や埴輪片などが出土している。木村集落の西側にあった石塚古墳は直径約四十メートルの円墳で、西側に造り出しがあった。周濠跡からは埴輪片が出土している。

これらの古墳はいずれも五世紀のもので、雨乞山、神輿塚、久保田山、ケンサイ塚、石塚の順に造られたと考えられている。久保田山古墳の西側の田地には昭和四十年に建てられた「顕宗塚等綜合趾碑」がある。ケンサ

龍王寺

イ塚は名神高速道路の敷設に際して、田地の埋め立ての代替地として発掘後に開発された。石塚もこの時に開発され、農地の区画整備も行われた。

蒲生町宮井にある宮井廃寺は、白鳳時代の寺院跡である。日野川西岸の田圃のなかに位置し、現在は畑地となっている。発掘調査により金堂と塔などの建物基壇が確認され、礎石や瓦、塑像片などが見つかった。畑地の中には、円孔を穿った塔心礎が移されて現存する。寺跡の北側の野瀬遺跡からは「□本寺」と記した墨書土器が出ていて、勢本寺または秀本寺と呼ばれたようである。軒丸瓦の形式は紀寺式で、蒲生郡では近江八幡市の千《せん》僧供《ぞく》廃寺で同じものが出土している。

龍王寺と苗村神社

雪野山の西南麓には、薬師如来を本尊とする天台宗の龍王寺がある。境内には白鳳時代の雪野寺跡があり、龍王寺は雪野寺を引き継いだ寺だといわれる。雪野寺跡からは講堂と礎石をもつ塔跡が見つかり、多量の瓦のほかに有髪童子形・天部像などの塑像、風鐸などが出土している。鐘楼の梵鐘は無銘ながら奈良時代の古鐘で、雪野寺の遺品である。この鐘は、雪野

苗村神社東本殿

山の東麓にある平木沢の主の大蛇が女となって残した玉手箱の中から出てきたものという伝説があり、雨乞いをすると効果があると伝えられる。中秋の名月の日には、へちまを使って喘息などの病気の祈祷をするへちま封じが行われ、大勢の参拝者が詰め掛ける。龍王寺の東側には天神社があり、その境内には副室を備えた横穴式石室をもつ円墳の天神山古墳がある。

　龍王寺から少し南側に、「妹背の里」と呼ばれる公園が、平成五年（一九九三）に竜王町により造られた。公園内には、大広間のある妹背の館、土器などを展示する資料館、水車小屋、バンガローなどが建つ。公園内の日野川近くには、「妹背の像」と名付けられた額田王と大海人皇子の等身大の銅像が立っていて、この地を詠んだ額田王、大海人皇子、大江匡房、和泉式部の歌碑も並んでいる。竜王町山之上のアグリパーク竜王には農村田園資料館があり、この付近の茅葺農家を復元し、生活具や農具を並べている。

　綾戸《あやど》にある苗村《なむら》神社は産土神を祀る東本殿と、平安時代に大和金峯山《きんぷせん》から勧請した神を祀る西本殿とからなる。徳治三年（一三〇八）に建てられた三間社流造り、檜皮葺《ひわだぶき》の西本殿は国宝で、東本殿、境内社の八幡社・十禅師社、楼門、神輿庫などの建物はいずれも重文に指定されている。氏子は三十余郷に及び、三十三年ごとに大祭を行う。

赤人寺と山部神社

万葉の歌人、山部赤人にちなむ社寺が蒲生町下麻生《しもあそう》にある。赤人寺《しゃくにん》は赤人の創建で、その終焉の地とも伝え、本尊の観音菩薩も赤人が夢の告げにより田子浦より迎えたといわれる。隣接する山部神社は赤人を祭神とする。近江の歌を一首も残していない山部赤人にちなむ社寺がある理由は、赤人堂と呼ばれる観音堂が鎌倉時代よりあったことによる。

江戸時代に国学が盛んになって『万葉集』の研究が進むと、赤人堂が赤人に関係するのではないかと注目されるようになった。赤人の顕彰に関心を払ってきた高島郡出身の歌人渡忠秋《わたり》は、慶応元年（一八六五）に下麻生の領主の旗本関《せき》盛章と大坂で懇談した際に記念碑の建立を勧め、明治元年（一八六八）に自らが撰文した「赤人廟碑」を関氏の援助により神社境内に建てた。明治九年には小松大明神が山部神社に改められ、明治十二年には「春野の　すみれ摘みにと　こし我は　野をなつかしみ　一夜寝にける（八一一四二四）」という赤人の歌碑ができ、明治十七年に大規模な歌会が開

山部神社の赤人廟碑

八坂神社の折口信夫歌碑

催されたことにより、山辺赤人の故地としての伝承が固まったといえる。昭和四十二年（一九六七）には、『古今集』に載る田子浦の歌碑も建てられている。

蒲生町宮川の八坂神社の一の石鳥居下には、『万葉集』などの古代史研究で著名な折口信夫《しのぶ》の歌碑がある。「冷えひえと　乙女幾たり　行く姿　日野の祭は　雨に過ぎたり　迢空」。この歌は昭和十三年に宮川の祭礼を見に来たときのもので、昭和四十六年に地元の人により碑が建てられた。

渡来文化の影響　石塔寺三重塔

石塔《いしどう》集落の東側の山あいに石塔寺《いしどうじ》がある。百五十段余の石段を上ると、そこに三重石塔が建っている。この石塔は日本最古・最大の石塔として知られ、百済から蒲生郡に移り住んだ渡来人により建てられたものではないかとされている。石塔は花崗岩製で、高さ七・四メートル、基礎は土に埋まり、相輪は後補である。初層軸部のみ二石からなり、三層目軸部に奉納孔がある。石塔の雄大さに加え、笠石の反りの緩やかさや裏面の加工の仕方などから、古代の建造物と考えられる。日本に類似の石塔がないことから、古代石塔の多く残る朝鮮半島の影響として、渡来人による建立と推測されているが、それを証明する遺構や遺物は見つかっていない。文献の上では、平安時代後期の『後拾遺《しゅうい》往生伝』に、天台僧の寂禅が十一世紀の前半に「阿育王八万四千塔」の一つがある「蒲生郡石塔別所」に住んだ、とあるのが初見である。室町時代の『三国伝記』には、寂照が入宋したときに清涼山の僧が日本の石塔寺にある阿育王《あしょかおう》塔の影を拝んでいるのを見て、そのことを日本に伝え、朝廷がその石塔を山中で探し出す話が載っている。

石塔寺の三重石塔

阿育王は紀元前三世紀のインドの王で、仏教を広めたことで知られる。この阿育王に対する信仰は四〜六世紀に中国で成立し、七世紀後半には日本へも伝わっていた。十世紀の呉越・北宋はインド風仏教を重視し、中国天台宗を復興した。その影響を受けて日本でも十世紀には天台宗が重んじられ、八万四千塔の造立が盛んになった。石塔別所の阿育王八万四千塔の記録は、まさにその時代のものであり、塔の建立もその影響によるものであったかもしれない。

　三重石塔の周囲には、平安時代後期から南北朝時代にかけての石造の層塔・宝塔・五輪塔・宝篋印塔《ほうきょういんとう》などが点在する。三重石塔の東側にある石造層塔は平安時代後期に遡る古塔で、南側にある正安四年（一三〇二）の宝塔には「大工平景吉」の石工名が見られる。その周囲にある約一万体の石仏・五輪塔群は室町時代後期から江戸時代前期のもので、阿育王塔の近くに営まれた墓地に供養のために建てられていたものである。昭和二年（一九二七）から六年にかけて、大阪を拠点にする宗教結社の福田海《ふくでんかい》と地元の協力により、現在みるような形に整備された。

石塔寺の三重石塔が、大韓民国の忠清南道扶餘郡《ブヨグン》場岩面《チャンアムミョン》長蝦里《チャンハリ》にある高麗時代の長蝦里三層石塔と似ていることから、平成四年（一九九二）に蒲生町と場岩面は姉妹都市提携を結び、住民や中学生の相互訪問などの交流事業を行っている。また蒲生町は、「百済の里づくり」で町起こしをしている宮崎県東臼杵郡南郷村とも交流している。平成二年からは八月下旬に石塔寺周辺を会場とした石塔フェスティバルが始まり、チマ・チョゴリを着たパレードなども行われている。

野口謙蔵記念館

蒲生野を描き続けた野口謙蔵

平成三年（一九九一）、蒲生町綺田《かばた》に野口謙蔵記念館が開館した。記念館は昭和八年（一九三三）に建てられたアトリエを改築したもので、野口が絵を制作していたその場が復元されている。野口謙蔵（一九〇一〜四四）は、甲府で造り酒屋を営む近江商人の本家のあるこの地に次男として生まれた。父親が南画家の富岡鉄斎と交友し、伯母には南画家の野口小蘋がいて、恵まれた環境の中で育った。彦根中学の時に描いた水彩画「彦根城山大手橋」が、陸軍大演習に来た大正天皇に献上されたといわれる。東京美術学校西洋画科に進学し、そこで黒田清輝や和田英作に師事し、級友の渡辺浩三らと親交を深めた。芸術活動の個性を追求した文芸雑誌「白樺」を愛読し、その影響もあってか、卒業後は郷里の綺田に帰って絵の制作を続けた。一時、平福百穂《ひゃくすい》に就いて日本画を学んだが、ふたたび洋画を描き、庭に佇む少女の姿を明るい色彩で描いた「庭」が昭和三年（一九二六）の第九回帝展に初入選する。その後も毎年、帝展や新文展、東光会展に出品して入選や特選を繰り返した。冬の田園風景を描いた「霜の朝」、麦畑の

極楽寺に建つ前田夕暮の歌碑

向こうに鯉幟のみえる家を描く「五月の風景」など、代表作の多くは自宅近くの風景を描いたものである。彼の絵は構図や色の使い方に日本画の影響が感じられることから日本的洋画などとも評された。

野口謙蔵のもう一つの芸術活動は短歌である。綺田の隣村である石塔には、歌人の米田雄郎《ゆうろう》（一八九一～一九五九）が、極楽寺の住職として住んでいた。米田は前田夕暮《ゆうぐれ》に師事する歌人で、大正七年（一九一八）に極楽寺に来て以降は滋賀県で創作活動を続けた。野口はこの米田雄郎と日常的に深い親交を重ね、短歌を作った。昭和十三年から十九年まで残る日記に書き留められた歌の総数は二千七百三十首にものぼる。前田夕暮の自由律短歌の主張を受けて米田も野口も当時は自由律の歌を詠んだ。米田は戦後、滋賀文学会の創設に関わり、夕暮の没後は「好日」を創刊し、五冊の歌集を残すなど、この地の文学活動に多大の功績を残した。極楽寺には「五月の　あをかしの　わか葉が　ひときは　このむらを　あかるくする　朝風」という夕暮の歌碑と、「いくばくの　いのちぞとおもふ　ときにしも春のよろこび　もちて　くらさな」という雄郎の歌碑とがある。

野口は綺田を拠点にしながらも、毎年、東京や大阪に出て展覧会を訪ね、多くの画人や歌人と交わった。びわ町の竹内孝や能登川町の大前栄次郎な

ガリ版伝承館

ど、教えを請いに来る県内の若手の画家もいた。このように活躍した野口も、昭和十九年七月、病気のため帰らぬ人となった。絶筆となった「喜雨来」は、この年の旱魃で雨を待ち望む村人たちの姿をやさしく描いている。

蒲生町岡本には、謄写版を考案した堀井新治郎父子を記念するガリ版伝承館がある。岡本出身の堀井新治郎父子は、毛筆に代わる簡便な印刷機を作るために私財を投入して研究を進め、明治二十七年（一八九四）に謄写版を発明した。同じ文章を大量に簡易に印刷できることから、軍隊や官庁、学校、商社、新聞社などで利用された。現在、ガリ版伝承館となっている建物は、堀井家が昭和初年に主屋に接して建てた洋館で、国の登録文化財となっている。内部には、謄写版一号機などの資料を展示するとともに、ガリ版の体験室も作られている。

人魚の里

綺田区と寺区の境付近に白鳳時代の綺田廃寺がある。寺区の稲荷神社の境内に土壇状の高まりがあり、そこが廃寺の遺構とされている。境内には礎石であったと思われる大きな石が、沓脱石や台石に転用されている。出

人魚伝説の碑の建つ公園

土する瓦には、渡来系とされる湖東式の蓮華文軒丸瓦がみられる。湖東式軒丸瓦は蒲生郡や愛知郡の寺院跡から出土し、文様が統一新羅の初期の寺院のものに類似しているという。

この寺区の佐久良川に小姓が淵と呼ばれる清水の湧く淵があり、ここで泳ぐと人魚が出てきて足を引っ張るといわれている。伝えによると、寺区にあった大きな寺に住む小姓が涼を取るため川で泳いでいたところ、淵に足をとられ死んでしまった。それからその淵には人魚が出ると言われるようになったという。『日本書紀』の推古天皇二十七年（六一九）四月の条には、近江国のこととして「蒲生河に物有り。其の形、人の如し」として、「人魚」のいたことが記されている。この記述は、聖徳太子を偉大に見せるための話ではないかとされているが、佐久良川の上流の日野町小野《この》にも人魚にちなむ人魚塚が残る。小野の人魚の話は地元の天満宮の縁起にあり、醍醐天皇の病気が蒲生川の異形の魚による仕業だとわかり、菅原道真が蒲生川を狩りし、小野でその魚を捕らえて葬ったと伝える。江戸時代中期の国学者である村井古巌の『古廟陵并埴物図』に、小野の人魚墓の図が載せられている。

この蒲生川の人魚のミイラといわれるものが、和歌山県橋本市学文路《かむろ》に

鬼室集斯の墓

ある苅萱堂《かるかや》に伝わっている。石童丸《いしどうまる》の母が傍らに置いて祀っていたものと伝えられ、不老長寿・無病息災を念じて今も信仰されている。蒲生町川合の願成寺にも人魚のミイラが伝わっている。明治二十九年（一八九六）の同寺の縁起によると、上野国の矢田城主のところに伝わっていたものが縁あって寄贈されたものと記されている。この他、安土町の観音正寺にも人魚のミイラが伝わっていた。蒲生町の寺区では、佐久良川の寺村橋の近くに人魚伝説の碑を建て、村起こしの一つとして取り組んでいる。

大津京造営に活躍した鬼室集斯

寺・綺田の南側に広がる丘陵地は、古琵琶湖層群の地層からなっている。約四百万年前、伊賀の北部にできた琵琶湖は地殻変動を繰り返しながら徐々に北に移り、百万年前にほぼ現在の姿になった。その途中の約二百万年前ころ、湖南から湖東にかけて湖があった。蒲生湖と名付けられているその湖は沼や湿地が多く、やがてメタセコイアなどの森林が広がったとされる。愛知川や日野川、野洲川などの古琵琶湖層群の地層からは、ゾウやシカの足跡、樹木の根が残った化石林などがよく見つかり、佐久良川でも

鬼室神社

綺田から日野町蓮花寺《れんげじ》にかけての一帯で、足跡や化石林が調査されている。

日野町小野は佐久良川の最上流に位置する。ここに百済から渡ってきて蒲生郡に移り住んだ鬼室集斯の墓碑といわれるものがある。西宮とも呼ばれる鬼室神社の本殿の背後に、石柵で囲まれた石祠があり、その中に墓碑が納められている。石製の八角柱状のもので、高さ五十センチ弱の大きさである。銘文は三面にあり、「鬼室集斯墓」、「朱鳥三年（六八八）戊子十一月八日□」、「庶孫美成造」と読まれている。類例の少ない古碑であることから、墓碑が知られ出した江戸時代後期から真偽が論じられている。銘文にみえる鬼室集斯は百済王族の末裔で、天智天皇十年（六七一）に小錦下の位を得て学頭職を授けられ、近江朝で活躍した渡来人である。なお鬼室集斯墓は、中世の『大安寺資財録抜書』には野洲郡の大篠原にあると記されている。

鬼室集斯らは天智八年に男女七百余人とともに蒲生郡に移り住んだ。その地は墓碑のある佐久良川上流とされているが、遺跡からみると日野川上流の可能性が高い。日野町上野田の北代遺跡では七世紀末の二基の古墳が見つかっている。大化二年（六四六）の薄葬令により古墳造りが制限されていた時代のもので、地位の高い人の古墳であったと考えられる。天智七年には近江国に多くの牧が置かれて馬が放たれているが、その一つに日野牧があったとされ、この地が注目されていた。天智九年、天智天皇は蒲生郡匱迮野《ひさの》に行幸して宮地を観た。匱迮野の地は日野川上流に位置する日野町の必佐《ひっさ》郷の付近で、上野田の北代遺跡や寺尻の野田道遺跡にも近く、鬼室集斯らの移住が遷都構想の一環であった可能性も考えられる。

鬼室神社は、文化三年（一八〇六）に仁正寺《にしょうじ》藩医の西生懐忠が鬼室集斯の墓碑を発表して以降、遠くからも人が訪れるようになり、明治三十六年（一九〇三）に蒲生郡長の遠藤宗義が墓碑を顕彰したことにより一般にも広く知られるようになった。日中戦争が始まると、国策である「内鮮一体」を象徴する神社として注目を浴び、多数の参拝者が訪れた。戦後、昭和三十年（一九五五）になって西宮神社が鬼室神社に改められた。平成二年（一九九〇）、日野町では鬼室神社の縁により、韓国の扶餘郡恩山《うんさん》面と姉妹都市提携を結び、相互訪問などの国際交流活動を行っている。

蒲生氏郷と近江商人

日野は蒲生氏により作られた城下町である。蒲生氏は藤原秀郷の七世の子孫惟賢に始まるという。鎌倉時代初めから守護佐々木氏と縁戚関係をも

日野のまちなみ

ち、蒲生郡南部から甲賀郡にかけて勢力を持っていた。室町時代中期には蒲生家中興の祖と呼ばれる蒲生貞秀が出て、足利将軍家とも交わった。蒲生定秀の代になると、音羽城から中野城に移り、日野の城下町を作ったといわれる。日野は室町時代前期の資料に日野市とみえるように、早くから市の立つ町場でもあった。城下町は東西に延び、職人の集まる町や近隣の村からの移住者による町が集まって形作られた。

定秀より家督を継いだ賢秀は、永禄十一年（一五六八）に美濃の織田信長が足利義昭を奉じて上洛のために近江に侵入すると、妹婿の伊勢の神戸《かんべ》具盛らの説得もあり、六角氏を見限って信長に付き、子息の鶴千代を人質として岐阜城へ差し出した。この鶴千代が蒲生氏郷（一五五六〜九五）である。鶴千代は翌年に元服し、信長の官途名の「弾正忠」の一字を授かって忠三郎賦秀《やすひで》と名づけられ、信長に仕えて和歌や連歌、茶の湯などの文化的素養も身につけた。その年の冬には信長の娘冬姫と結婚し、日野に戻っている。その後は信長、秀吉に仕え、天正十二年（一五八四）に伊勢の松阪城主となって松阪の町を開き、同十八年に会津若松に転封して九十一万石余の大名になった。

氏郷が伊勢へ移ると、新たな城主が来ることなく、日野の町は在郷町と

鎌掛のシャクナゲ

して推移していく。江戸時代になると日野の住人は日野椀や日野合薬を商品として、関東から東北方面へ商いに出ていくようになった。また日野に本家を置いて関東で醸造業を営むものも多くいた。このようにして日野は近江商人による豊かな在郷町となり、多くの曳山を出す日野祭を行い、文化人も数多く輩出した。

江戸時代、日野の東隣の仁正寺《にしょうじ》には元和六年（一六二〇）に外様大名の市橋氏が入封し、幕末まで居住した。蒲生郡を中心に二十六村、一万七千石余を支配した。陣屋を中心に城下町が形成され、武家屋敷や農家、商家、藩の米蔵などが現存している。

天然記念物「鎌掛のシャクナゲ」と「藤の寺」正法寺

鎌掛《かいがけ》は、東海道の土山宿と中山道の愛知川宿とを結ぶ御代参街道の宿場で、今もなお街道の面影を残す民家が残っている。集落を離れて東の谷へ入っていくと、ホンシャクナゲの群落のある鎌掛谷にいたる。

別所の芭蕉句碑

シャクナゲはツツジ科の常緑低木で、中部地方以西の本州、四国に自生する。普通は標高八百～千メートルの山地に自生する木で、鎌掛谷のように低地に群生することは珍しいことから、国の天然記念物に指定され、また鈴鹿国定公園の特別保護地区にも指定されている。四月下旬から五月上旬にかけて、淡い紅色の大きな花が咲く。滋賀県の花にも選ばれている。

花の咲く季節は途中から車両進入禁止となっているため、駐車場から北砂川に沿ってシャトルバスを利用するか歩いて群生地の近くまで行く。そこから展望台まで歩くが、その途中にも対岸の山の斜面にシャクナゲの花をみることができる。

鎌掛の集落の南端に「藤の寺」として知られる正法寺がある。本堂の脇には藤棚があり、五月上旬から中旬にかけて花の房が一メートルにも達する見事な藤の花が咲く。伝えでは、元禄時代にこの寺を開いた普存禅師が京都から移植したものという。境内には鎌倉時代の石造宝塔、文政年間の芭蕉の句碑などもある。

グリーンロードを信楽へ

近江万葉の道は日野町から信楽町へ向かう。現在は国道三〇七号が通っていて、日野─水口《みなくち》間はグリーンバイパスと名付けられている。日野から水口に至る旧道沿いの別所には、天明八年（一七八八）に地元の俳人淇水が建てた芭蕉の句碑がみられる。その近くにある近江鉄道の清水山トンネルは、明治三十一年（一八九八）に竣工した延長約百五十メートルの隧道で、側壁は下部が切石積み、アーチ部が煉瓦造りである。

水口は江戸時代に東海道の第五十番目の宿場であるとともに、加藤氏二万石の城下町であった。現在もなお宿場町と城下町の双方の面影を留め、十六台の曳山が出る四月二十日の水口祭など、伝統行事も数多く残る。

水口町と信楽《しがらき》町の境にある飯道山は信仰の山として知られ、山頂には飯道神社がある。その南東の庚申山には真鍮の神さんとして知られる青面金剛を祀る広徳寺がある。

（大塚　活美）

船岡山のムラサキ

紫香楽の宮跡。大きな礎石が点在し、栄華が偲ばれる。

朝宮の奥、大同川の三筋の滝

飯道神社からの宮町遺跡周辺の眺望

山あいに静かに、あでやかに咲き誇る畑集落の桜

のどかな風景の田上山。かつて寺院の建立にここから木材が運ばれた

西国三十三所十四番札所。観音巡礼で賑わう石山寺の多宝塔（国宝）

大津市南滋賀町廃寺跡の礎石

湖都大津の夜景

大津市滋賀里の古墳

紫香楽宮から金勝寺

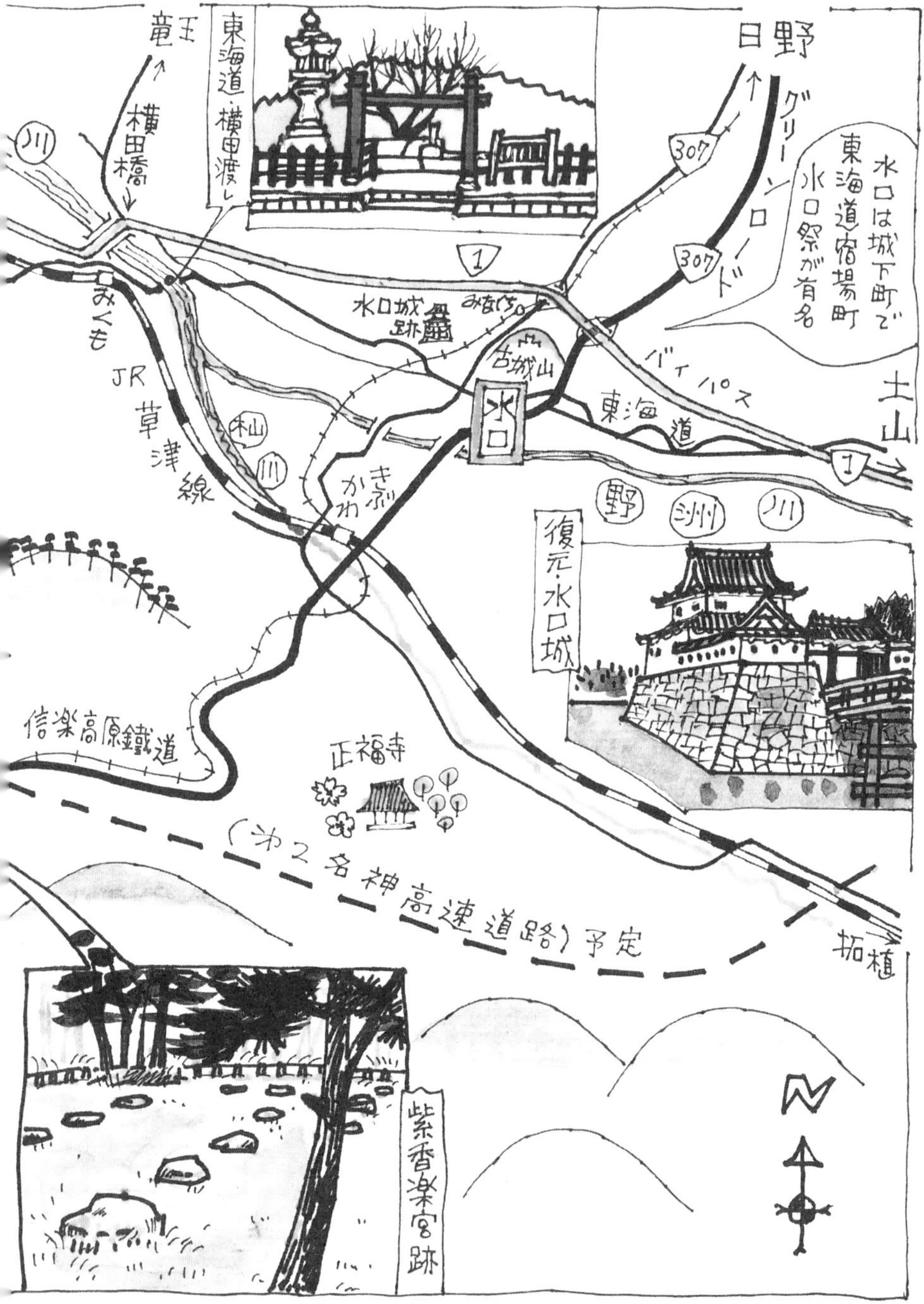

竜王
横田橋
東海道・横田渡し
日野
グリーンロード
307
307
水口は城下町で
東海道宿場町
水口祭が有名
川
1
水口城跡
みなくち
古城山
水口
バイパス
東海道
土山
1
みくも
JR草津線
杣川
きぶかわ
野洲川
復元・水口城
信楽高原鐵道
正福寺
(第2名神高速道路)予定
拓植
紫香楽宮跡
N

草津
野洲
栗東
石部
1
狛坂磨崖仏
草津で名神道路と接続
金勝山県民の森
道の駅こんぜの里りっとう
東海道
竜王山
605
金勝寺
阿星山
693m
上田上
重文の仏像がたくさんある
湖南アルプスの主峰
瀬田
田上鉱物博物館
富川の磨崖仏
宮町
大鳥居
太神山
600m
紫香楽宮跡
八筈ヶ岳
562
瀬田
城陽で京奈和道路と接続
三筋の滝
猪背山
553
307
陶芸の森
天然記念物の高野槙の群生あり
今峠
石倉橋
玉桂寺
岩屋観音
信楽
近江で四番目に古い五輪塔あり
307
京田辺
422
上野

古信楽

六古窯のひとつ「信楽焼」

信楽焼は鎌倉末期の十四世紀に始まったとされ、瀬戸、常滑、越前、丹波、備前とともに六古窯の一つである。現在も長野、勅旨、神山などの窯で生産が続けられている。

中世の信楽焼は農業用の種子を入れる容器である壷や甕《かめ》の生産として開始したものとみられ、ほかに中世に各地の窯と同様に擂鉢が生産された。その後、室町時代からは、村田珠光《じゅこう》らの茶人が侘茶《わびちゃ》の道具として信楽焼注目するようになり、円形深鉢を水指に、人が蹲《うずくま》ったような小さな壷の蹲《うずくまる》の花入、麻苧《お》を入れるために使われていた苧桶の形の鬼桶《おにおけ》、釜に水を足したり茶碗や茶筅《せん》を洗う水を入れる水指《みずさし》、花入れ形の一種で、茶人が小型の旅枕《たびまくら》に見立てた旅枕などが珍重され、有名になった。とくに利休は湯水を捨てる容器の建水や水指を好んだといわれる。

信楽焼は古代に各地で生産された須恵器の窯と同じように丘陵に地下を掘抜いて作った穴窯で、高い火度で焼成された。表面には明るい褐色系の火色、地肌が赤く焦げたり、灰被《はいかぶ》りしたり、緑色の自然釉がどっぷり器の

信楽焼の登り窯

表面にかかった土の香りが強くするものがみられ、表面に長石粒が表れたざんぐりした胎土が信楽焼のもつ固有の特徴となっている。成形は粘土紐を巻上げして作り、底に下駄印しのあるものが少なくない。上薬をかけずに窯で焼き締めして焼成する。桃山時代には作為の強い花入、水指、茶碗や香を入れる蓋付きの香合《こうごう》などが焼かれ、素朴ながら、深い風味を内在させた陶器の作風が、侘びの心境を最高の理念とした茶人たちの心を表現できる陶器として魅了した。

江戸時代初期までのものは、古信楽と呼ばれるが、土質が伊賀焼と同じなので、両者の区別が難しい。そして、江戸時代には茶壷が主に生産され、白濁釉、緑釉、黒釉を掛け合わせた日常雑器も多くつくられた。とくに、幕府から注文された御用茶壷の腰白茶壷がよく知られる。文化七年（一八一〇）には、朝鮮通信使の接待用として幕府から注文を受けている。

明治以降は、茶壷の需要が減少し、それに替わって火鉢が多く生産されるようになり、大正期から第二次世界大戦にかけては火鉢が大量生産された。その後、食器、容器のほか植木鉢、庭園陶器、建築資材が生産されるなど、大きく変化している。

狸の焼きもの

陶都「信楽」の技術改革

明治時代なると、それまでとは風俗、習慣が著しく変化した。この生活様式の変化にともない信楽焼の茶壷の需要が減少した。替わって火鉢の需要が多くなり、信楽焼は火鉢が多く生産されるようになった。第二次世界大戦中は、金属が主に軍事産業方面に回されたことと、戦後も復興期は家庭での燃料が炭が多用されたので、信楽焼の火鉢の需要が高まった。この時期、耐火性の窯道具が考案され、棚積み法で多量の火鉢を窯詰めして焼成する方法が採用され、赤松の薪を一週間ほど焚き続けて焼成された。

戦後、火鉢の需要期間は長くは続かなかった。暖房器具にストーブが多用され、炭に替わって薪、石炭、コークス、さらに灯油、ガスが用いられ、火鉢の需要も終焉を迎え、植木鉢の量産に移行した。これも石油製品のポリ製品が多用されるようになったので、技術革新によって室内用インテリア製品、建築用タイル、家庭陶器、美術用陶板など、幅広い生産が行われ、時代のニーズに応じた製品の開発と生産が続けられている。

一方、信楽焼といえば、タヌキの置物がよく知られる。このタヌキの置物は昭和初期に藤原狸庵の創案によるものといわれ、あいきょうのある表情のこのタヌキが、現在では信楽焼の象徴となっている。

狸で町おこし「狸学会」の試み

信楽焼といえば、多くの人がタヌキの置物を思い浮かべるように、このタヌキの置物で知られる信楽町で、「タヌキを通して信楽をみつめ直そう」と、信楽町の町民が学会を設立して町おこしに取組んでいる。

信楽町にはタヌキの置物が町内の各所の陶器店に並べられ、もっとも身近な動物になっている。しかし、今日ではタヌキを目にする機会が少ないだけに、タヌキの生態やタヌキにまつわる民話などもしだいに消え去りつつある。このようなことから、今こそタヌキと信楽の結びつきを見直そうと、町内の喫茶店のマスターや家具店主、町図書館長、県立陶芸の森の学芸員の四人が発起人となって二〇〇〇年八月から学会の設立に向けた活動を始めた。その準備会段階には、約二十人が参加して話し合いが進められ、二〇〇一年四月に「しがらき狸学会」の設立にこぎつけた。

この狸学会では、タヌキのことを広く語りあうサロン「狸座」を開催す

三吉ダヌキの八面相

るのをはじめ、タヌキに絡んだ民話を収集したり、既に絶版になっている信楽のタヌキの童話の再版事業などに取組んでいる。

再版事業では、この学会を設立のためにタヌキに関連する多方面の文献を収集しているうちに、元長浜市立図書館長も務め、童話作家であった中島千恵子さんの創作の、『三吉ダヌキの八面相』の童話が見つかった。この童話は、信楽の窯元の家に生まれた三吉少年が迷いこんだ子ダヌキをそだてながら、タヌキの焼き物づくりをこころざす話で、十五年前に出版された本である。そこで、これを復刻しようという計画が具体的に進展し、滋賀県内の出版社の協力を得て、再版することになったという。表紙や挿図は、中島さんと親交があった版画家の関屋敏隆氏が制作して七月にできあがった。刊行された本は、さっそく信楽町内の三小学校と町図書館に寄贈された。この本は書店でも販売されている。

また、十月二十一日には、「全国たぬきフォーラムinしがらき」が開催され、信楽町に古くから伝わる狸囃子《たぬきばやし》や日本たぬき学会会長の池田啓氏（姫路工業大学教授）の講演、満月・狸の宴が行われた。この会場には、昭和初期に作られた約六十体の信楽焼のタヌキの置物を集めた展覧会も開かれた。しがらき狸学会の会員はすでに百人を超えている。二〇〇二年には、日本たぬき学会の全国大会をこの信楽町で開催する予定と聞く。信楽町に新しく、ふさわしい町おこしが始まったのである。

紫香楽宮の時代

紫香楽宮の時代は、天平十二年（七四〇）十月、藤原広嗣の乱をきっかけに聖武天皇が平城京から東国へ行幸したことによって始まった。

この年の八月二十九日、太宰府の小弐（次官）である藤原広嗣は、聖武天皇に政治、天災や異変のことを述べ、これは橘諸兄《たちばなのもろえ》が補佐役として僧の玄昉《げんぼう》と下道（吉備）真備を重用しているのが原因なので、二人を除くよう上表した。続いて九月三日、広嗣が反乱を起こしたという知らせが平城京に入った。

聖武天皇はすぐに蝦夷との戦いの経験をもつ大野東人を大将軍に任命し、西海道、北陸道を除く五道から集めた一万七千人の兵を派遣して、広嗣を討たせることにした。

ところが、戦いが九州で行われているさなかの十月二十六日、聖武天皇は大野東人らに、「朕は思うところがあるので、しばらく東国へ往こうと思う」と述べ、伊勢に行幸した。伊勢では大神宮に乱を鎮めるために幣帛《へいはく》をたてまつらせ、十日間とどまった。この間に、広嗣を捕まえた吉報が入り、さらに広嗣を処刑したという知らせも入った。

しかし、天皇は、なぜか平城京に戻らずに、さらに桑名郡を経て美濃国に入って不破頓宮《ふわのとんぐう》に到着した。その後、方向を変えて近江路をたどり、十二月十五日には山背国相楽郡の恭仁郷に至って、そこにとどまって恭仁宮・京の大造営が行われることになったのである。

恭仁宮は木津川の北岸、京都府加茂町にある山城国分寺一帯に営まれた宮都である。京域は賀世山《かせやま》の西道から東を左京、西を右京とする変則的な都城が造営され、平城京から官人や民衆が移動し、市も移された。

そして、天平十四年（七四二）二月五日、恭仁京から新たに近江国甲賀郡に通ずる東北道が造成され、八月十一日には、紫香楽村に行幸するために紫香楽宮の離宮が造営された。この紫香楽宮の造営は、恭仁宮・京の大造営中に行われていることからみると、聖武天皇によって平城京から出立する以前に計画されていた可能性が高い。

その月の二十七日、聖武天皇は初めて紫香楽宮に行幸した。恭仁宮から紫香楽宮までは三十数キロあり、和束町《わつかちょう》石寺、白晒《しらす》と東北道をたどり、さ

紫香楽宮跡

らに安積《あさか》親王《しんのう》墓付近を抜け、和束川を眺めながら進んで原山、湯船から信楽町の上朝宮、柞原《ほそはら》、勅旨《ちょくし》を経て小盆地に営まれた離宮に夕刻にたどりついたものとみてよい。

その後、聖武天皇は、天平十五年（七四三）七月二十六日に紫香楽宮へ四度目の行幸を行い、その滞在中の十月十五日に盧舎那《るしゃな》大仏を造立する詔がだされた。そして、三日後には大仏を造るために甲賀寺の寺地が開かれた。しかも、この大仏造立には行基が弟子を率いて全面的に協力することになった。恭仁京から東北道を開通させたのは、ここで行われる大仏造立のためだったのである。

翌年の二月、聖武天皇は恭仁京から難波京へ遷都を計画し、駅鈴、内外の印、さらに高御座を運んだが、遷都を宣言する直前の二月二十四日、天皇はにわかに難波宮から紫香楽宮へ行幸し、その二日後に橘諸兄によって難波遷都の勅が宣べられたのである。これも、これまで十分に解明されていない謎である。

紫香楽で行基らによって行われていた大仏造立は、予定通りに進展し、十一月十三日には大仏の骨組みがつくられ、いよいよ銅を流す段階にまでなった。そして、翌年（七四五）元日には、にわかに離宮から宮都の造営が進められていた紫香楽宮の宮門に、聖武天皇は大楯と鉾をたてさせ、紫香楽宮が首都であることが明らかにされた。この信楽の小盆地で大仏造立が行われただけでなく、宮都として、ここで政治がとられたのである。

聖武天皇の大仏建立

天平十五年（七四三）十月十五日、聖武天皇は紫香楽宮で、「国中の銅をすべて費やしてでも盧舎那仏を造り、大きな山を削って仏堂を構築し、広く仏法を全宇宙にひろめ、これを朕の知識《ちしき》（仏に協力する者）として行い、仏道に貢献したい」と、大仏を造立することを詔した。これには、「もし一枝の草や一握りの土のような僅かなものでもささげて、この造仏に協力したいという者があれば、意のままに許そう」と、知識結によって大仏の造営をすすめることとし、多くの民衆に協力を求めたのである。

聖武天皇が大仏造立を発願する契機となったのは、天平十二年（七四〇）二月に難波宮に行幸した際に、河内国大県《おおがた》郡の知識寺に鎮座する盧舎那仏を崇拝したことから、このような大仏を造ることを欲したのだという。

翌日、東海、東山、北陸の二十五国の調庸の税金を、恭仁宮ではなく、この紫香楽宮に運ばせるようにしたのも、この大仏造立に多大な財政を必要とする措置であった。宮町遺跡からは東国からだされた多くの調の荷札木簡が出土しており、このことをよく示している。

その三日後、大仏を造るために甲賀寺の寺地が開かれたが、この大仏造立には行基が弟子を率い、多くの民衆を勧め誘ったのである。この大事業に、民間の僧の行基が抜擢されたのは、なぜであろうか。それまで行基は、寺の外で多くの民衆を教化したり、知識集団を組織して社会事業を行っており、僧尼令の規定に違反することから、政府によってたびたび弾圧されていた。天平三年（七三一）には、行基にしたがう六十歳以上の者に還俗《げんぞく》することが認められ、少しは緩和されるようになってはいたが、行基がこの大仏造立に積極的に協力するにいたったのはなぜか。

知識とは、仏に結縁するために財物や労働を提供し、仏教を信仰する者である。歴史学者・石母田正《いしもだしょう》氏は、この大仏造立を国家権力を人格的に体現する天皇が詔を発して、「知識結い」を民衆に勧誘するのは、知識衆が相互に対等な関係にあった知識の原理からみると自家撞着《じかどうちゃく》であるとした。また、この大仏造立は、知識衆との共同の信条によるものとはみなし難く、願主である天皇の論理によってなされたもので、これは聖武天皇の幻想であり、巨大なフィクションであったとみなしている。

それまで、国家による大造営は、それにみあうような規模の官僚組織を編成して行われている。しかし、この盧舎那仏の大造営は明らかに国家事業でありながら、それまで例のない知識結いの形態がとられている。しかも、民間僧の行基が中核となったのである。

願主である聖武天皇の呼びかけに、行基がただちに呼応して、この大造営を進めるにいたったのは、はたして、どのようなことから起こりえたのだろうか。ここにも、じつに深い謎がふくまれているのである。

それまで行基集団は池、溝、堀江、道場、布施屋、橋などの造営を畿内の各地で行っており、行基集団が他方面にわたる手工業部門の技術をもつ集団であったことがわかる。この紫香楽での大仏造立への参画にも、仏像鋳造の経験と技術をもつ者が少なからずふくまれていたものと推測される。天平十六年（七四四）十一月十三日、甲賀寺に盧舎那仏の骨組みの柱が建てられた。この日、聖武天皇はみずから親しく、その縄を引いた。その時、さまざまな音楽が演奏された。盧舎那仏がまだ粗いながら、いよいよ形をなし始めていたのである。翌年（七四五）の一月二十一日、大仏造立に専念して事業を進める行基に、大僧正が贈られたのである。

しかし、四月からは山火事が相ついで起こり、また大地震とその余震が続いた。五月五日、天皇は平城京へ還都することにしたのである。この間、紫香楽で進められていた大仏鋳造は、どこまで進展したのだろうか。

甲賀寺跡と宮町遺跡

信楽町の北部にあたる黄瀬には、史跡紫香楽宮跡がある。ここは小字を内裏野《だいりの》、あるいは寺野と呼ばれており、『近江輿地志略《よちしりゃく》』に聖武天皇が大仏造営を行った甲賀寺で、甲賀宮（紫香楽宮）跡でもあると記されている。大正十二年（一九二三）四月、黒板勝美氏が紫香楽宮の指定候補地としてここを視察し、十五年（一九二六）に紫香楽宮跡として指定している。ところが、昭和五年（一九三〇）、大津京の研究を行った肥後和男氏が補足調査をしたところ、ここに金堂、講堂、中門、経楼、鐘楼、北廊と、その東側に塔院があり、伽藍があったことが判明した。そこで、この寺院と甲賀宮（紫香楽宮）、また甲賀寺、さらに『正倉院文書』に記された近江国分寺との関係をどう理解するかが問題にされている。

しかし、昭和四十八年（一九七三）から四十九年、紫香楽宮跡から北二

紫香楽宮の東朝堂

「奈加王……」木簡（信楽町教育委員会）

キロにある宮町地区ではほ場整備が行われ、柱根が三本見つかった。この柱根が昭和五十年（一九七五）に掘立柱建物の柱根であることが判明したのを契機に、宮町遺跡で昭和五十九年（一九八四）二月から発掘調査が行われることになった。その第四次調査で、「奈加王」と記された木簡が出土し、第六次、七次調査で掘立柱建物、区画する塀などが検出された。また塀の柱根の年代が測定され、天平十五年に伐採されたことが判明した。この年代からみると、宮町遺跡は紫香楽宮に関連する可能性があり、第十三次調査では、多量の木簡が出土した。その中に越前から貢納された調の木簡に「天平十五年」と記すものがあった。これは天平十五年十月十六日に、東海、東山、北陸の二十五国の調庸の税を紫香楽宮に運ばせたことを裏づけるもので、この宮町遺跡に紫香楽宮の官衙（役所）があったことが判明したのである。

しかも、二〇〇〇年（平成十二）十一月、宮町遺跡の中央南半部から桁行二十一間以上、梁行四間、九十一メートルを超える長大な西朝堂建物が見つかった。さらに、二〇〇一年十一月には、対称の位置に東朝堂建物と、中心建物が二棟見つかった。紫香楽宮の朝堂は、『続日本紀』天平十七年正月七日の記事に、主典以上の官人が朝堂で饗宴したことが記されている。

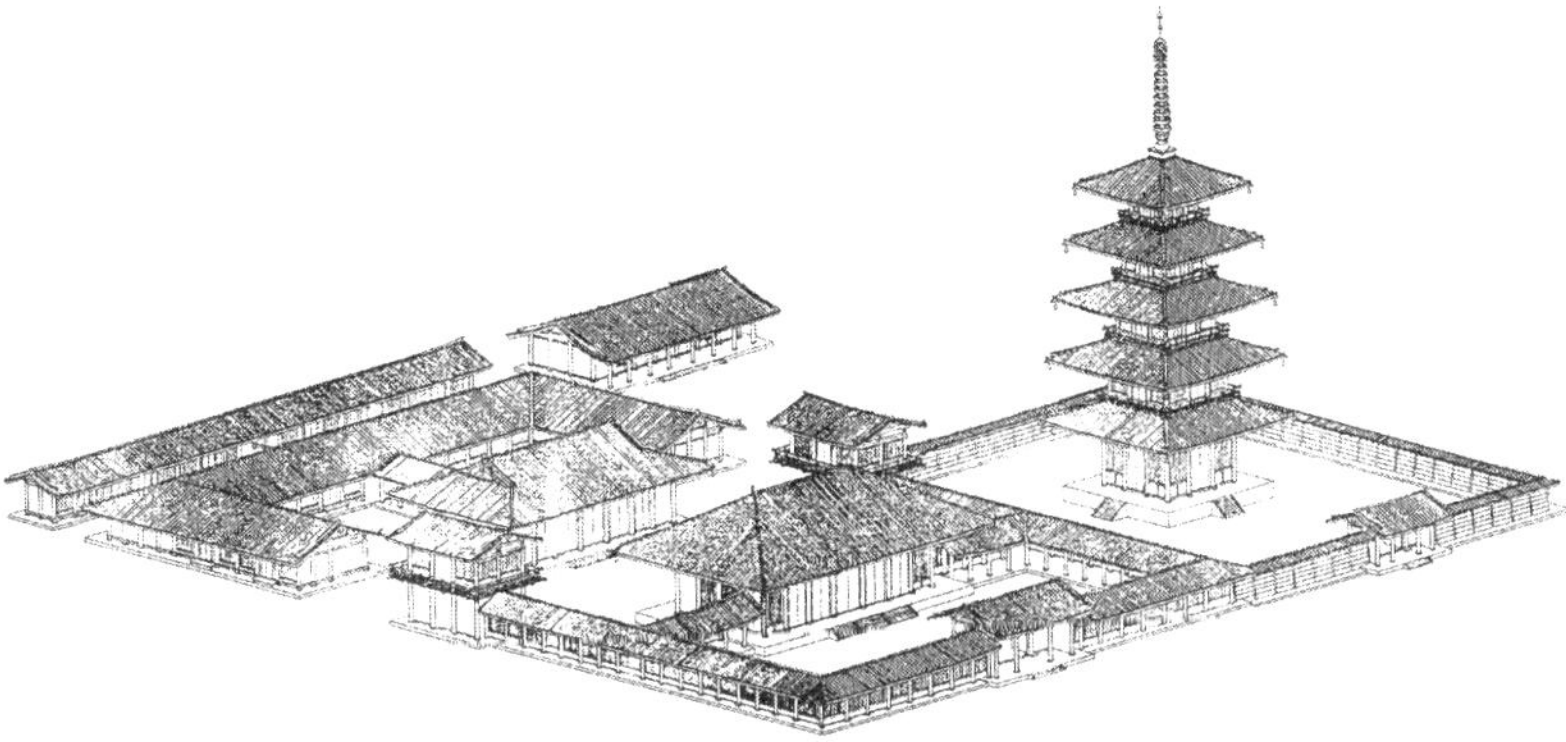

甲賀寺復元図（信楽町教育委員会）

同じ日、大安殿で五位以上の官人らの饗宴が催された。その中に『万葉集』を編んだ大伴家持がいた。家持は、これが正史に初めての登場であった。しかし、家持は『万葉集』に紫香楽に関連する歌をまったく収録していないのは、なぜであろうか。

紫香楽宮朱雀路の遺構

信楽はじつに狭い小盆地である。この小盆地を縦断するように大戸川が北に向かって流れている。紫香楽宮の所在が明らかになった宮町遺跡がある宮町の南開口部に、奈良時代の土器が散布し、紫香楽宮の時代の遺跡として知られてきた新宮神社遺跡と呼ぶ遺跡がある。ここは平成十二年（二〇〇〇）から十三年にかけて、第二名神高速道路建設に先立って遺跡の発掘調査が行われた。

その結果、南北に延びる道路の遺構があることが判明した。道は幅が十二メートルあり、その東側には小規模ながら掘立柱建物が三棟と井戸一基が見つかった。調査地の北端部には、丘陵の裾に東側から流れ込んでくる小河川がある。この小河川には桁行、梁行とも三間の橋が架けられていたことが明らかになった。これらは周辺から出土した土器によって奈良時代の中頃のものであることが判明した。また、見つかった柱根の年輪の年代が測定されたところ、天平十五年（七四三）に伐採されたことが判明した。

この新宮神社遺跡で見つかった道路遺構を北に延長すると、北にある丘陵を切り開いて紫香楽宮のある宮町遺跡に至ることがわかる。とすると、これは、南一キロにある史跡紫香楽宮にある甲賀寺と宮町遺跡の紫香楽宮を結ぶ道路とみなしてよい。

『続日本紀』には、天平十六年（七四六）三月十四日の記事に、金光明寺《こんこうみょうじ》から大般若経を運んで、紫香楽宮の朱雀門に至ったことが記されている。これは紫香楽宮の朱雀門から南へ南北道路が通じていたことを想定させており、この道は、新宮神社遺跡で見つかった道につながる可能性が高い。

また、十二月八日の記事では、金鐘寺、朱雀大路に燈一万杯を灯したことも記されている。この日、聖武天皇と元正太上天皇が紫香楽宮に滞在したことからすると、平城京の寺や大路ではなく、金鐘寺は甲賀寺、朱雀大路は恭仁京を想定されてきているが、紫香楽宮の朱雀門の前に朱雀大路が設けられていたことも想定しうるのではなかろうか。

新宮神社遺跡は宮町遺跡、内裏野にある史跡紫香楽宮以外の遺跡として重要なだけでなく、北の宮町遺跡と南の史跡紫香楽宮の寺院遺跡を結ぶ遺跡としても注目される遺跡である。信楽のこの狭い空間を、古代人はどのように開発し、ここを宮都としたのか。また、どれだけの民衆が居住したのか。今後、周辺の調査によって、解明されることになるであろう。

出土木簡の意義

宮町遺跡からは、すでに三千点を越える多くの木簡が出土している。第四次調査で、初めて「奈加王」「垂見□」と王の名を列記した木簡が出土し、この段階で農村集落と異なることが想定されることになった。この荷札木簡には、表に「越前国江沼郡八田郷戸主江沼五百依戸口」、裏に天□□五年十一月二日と書かれていたものや、遠江国長下郡伊筑郷からだされた木簡に天平十六年七月と記されたもの、「美濃国武義郡楫可郷庸米□斗」の木簡に天平十五年十一月と記されているものなど、年紀が記された荷札木簡も少なくない。これらの荷札木簡は、紫香楽での大仏造立にともなって、天平十五年十月十六日に、「東海、東山、北陸の二十五国の今年の調《ちょう》庸《よう》は、みな紫香楽宮へ貢ぜしむ」という命令によって、恭仁宮ではなく、

宮町遺跡から出土した木簡「造大殿」の文字がみえる（信楽町教育委員会）

紫香楽宮に運搬されたものとみなされるものである。

また、天平十三年に駿河国駿河郡宇良郡から荒堅魚を貢納した荷札木簡のように、恭仁宮から紫香楽宮へ運ばれてきたものもある。

先に三千点を越えると記した木簡の多くは、じつは削屑と呼ばれるもので、再使用のために小刀で木札の表面を削ったものだ。これによって、これらの出土地点の近くで多くの官人たちが事務をとっていたことがわかる。伝票の木簡もある。

また、「造大殿□」と記された断片は、紫香楽宮の造営を担った造離宮司の下部部局の一つとみなされ、これによって宮町遺跡に「大殿」が建てられていたことが想定できる。しかも、規模の大きな殿舎ごとに、その造営を担当する「所」が置かれていたものと推測される。ほかに、「山背国司解」「皇后宮」などと習書されたものも重要である。

仏教関係では、「金光明寺」、「請大徳□□」、「□蓮華□」などと記したものがある。金光明寺は、『続日本紀』天平十六年三月十四日条に、金光明寺の大般若経を運んで紫香楽宮に到着し、朱雀門に入るころに、雑楽が演奏され、それらの大般若経を宮内の大安殿に安置し、二百人の僧を招いて一日中、お経を転読させた記事があり、それを想起させる。

木簡ではないが、「御炊殿《みかしきどの》」、「御厨《みくりや》」、「万病膏《まんびょうこう》」と記された墨書土器も注目される。このうち、万病膏は『延喜典薬寮式』に、大万病膏、千瘡万病膏とともに左右近衛府、兵庫寮、遣唐使、遣渤海使《けんぼっかいし》、遣新羅使などに支給されており、傷薬として使われていた。

紫香楽宮の時代の全貌が見えてきた

紫香楽での大仏造営が軌道にのると、天平十六（七四四）年閏正月十一日、聖武天皇は恭仁宮から難波宮へ行幸した。このとき、安積親王が脚の病気で恭仁宮に戻り、しかも二日後に死去した。この突然の安積親王の死を嘆く大伴家持の長歌、短歌が『万葉集』巻三に収録されている。

その後の二月一日、聖武天皇は恭仁宮から駅鈴《えきれい》、天皇御璽《ぎょじ》、太政官印を移し、諸官司の役人たちも召集し、二十日には高御座と大楯も運んで、まさに難波遷都の準備がすべて整うことになった。

しかし、二十四日、聖武天皇はなぜか紫香楽宮へ行幸した。しかも二十六日、橘諸兄によって難波遷都が宣言されたのである。

なぜ、難波遷都を宣することを準備しながら、直前に紫香楽宮へおもむいたのだろうか。これは、解明されていない困難な謎である。しかし、直木孝次郎氏は光明皇后が聖武天皇をそのように動かしたと推測している。

大仏造営の大事業は、行基とその弟子や多くの民衆の協力で進められていた。天皇が恭仁宮や紫香楽宮から遠く隔てた難波宮に遷ることは、この大事業の軽視と映らざるをえない。光明皇后は、行基らによって進められていたこの事業の早期完成をめざすため、聖武天皇を紫香楽宮に赴くことを強く求めたのではなかろうか。

平城京に還都するまでの一年二ケ月余、聖武天皇はこの紫香楽宮に滞在した。このような経過からすると、聖武天皇は大仏造営中の紫香楽宮から離れ難い状況にあったことがわかる。とすると紫香楽で大仏造営と国家的な政治執行をここで両立させるために、紫香楽宮を宮都に格上げして造営することを画策したのではなかろうか。これが、離宮の紫香楽宮を天平十六年に大改造し、朝堂、諸官衙《かんが》を配することになった主要な要因であろう。

しかし、この狭い小盆地の紫香楽宮への遷都には、官人たちの宅地班給もままにならないだけに、反対者が少なくなかったであろう。そして、四月から紫香楽宮の周辺で山火事が頻発することになった。

さて、聖武天皇によって行われた恭仁京の造営と紫香楽での大仏造営の要因には、これまで諸説がだされているが、瀧川政次郎氏は恭仁宮・京は唐の洛陽を模して宮都を造営し、唐のように複都制を実施しようとしたとみなしている。これは妥当な考えであろう。

とすると、このような大造営を行うことによって、聖武天皇が東アジアで、高い国際的地位を得ることを意図したものと思われる。それを天平十二年（七四〇）、藤原広嗣の乱のさなかに実施したのは、「朕《ちん》は思うところがあるので」と戦地におもむいた大将軍・大野東人らに勅を送ったように、この乱が構想を実現するのに適した時とみなしたことによるものであろう。

しかし、都城の造営には莫大な費用がかかることからみて民衆が疲労することを難波宮・京の再興で知ったことと思われる。しかし、恭仁宮・京に加えて、大仏造立をあえて紫香楽で進めることにした背景には、天平九年（七三七）に平城京で大流行した天然痘が長屋王の怨霊《おんりょう》とうわさされ、この怨霊を大仏造立によって和め、鎮護国家をはかることが意図されていた可能性も少なくないのではなかろうか。

このような宮・都の大造営を、事前に太政官による合議を経ずに聖武天皇の意志のみで進めることができたのは、古代の天皇がもつ権力の本質を知ることができるのである。

（小笠原　好彦）

近江万葉の道のまつり

「近江万葉の道」とケンケトまつり

中世から近世にかけて流行した風流囃子《ばやし》に連なる芸能の「ケンケトまつり」は滋賀県を代表する民俗芸能のひとつであり、野洲・蒲生・甲賀の三郡で行われる。ケンケトまつりと同様に太鼓を打ち、芸と長刀振りを行う「サンヤレ踊り」は草津市や守山市に伝えられている。

ケンケトは長刀振りや太鼓打ちを中心とする少年や稚児の芸能として、甲賀郡土山町の瀧樹神社、甲賀町瀧樹神社、蒲生郡蒲生町高木神社、蒲生郡竜王町と蒲生町にまたがる「山之上のケンケト」などが伝承されている。

〈蒲生野のケンケトまつり〉

蒲生町の春祭りとして知られる「ケンケトまつり」は町内の旭野神社（上麻生）・高木神社（岡本）・山部神社（下麻生）の三社を中心に華やかに4月23日に近い日曜日に行われ、国の重要無形文化財に選択されている。

上麻生からでる7人の子どもによるカンカというお囃子と、ケンケト組の長刀振りが中心となり、カンカの子どもたちは、色紙でつくられた美しい被り物をつけ、鉦や太鼓を鳴らして歩き、ケンケト組は紺の半纏に黒の角帯・手甲・脚絆のいでたちに長刀を持つ。

当日は高木神社でカンカとケンケトを奉納した後、御輿を中心にお旅所・上麻生の旭野神社・下麻生の山部神社にそれぞれ奉納する。

高木神社　蒲生郡蒲生町岡本709
☎0748－55－4885（蒲生町観光協会）
JR近江八幡駅からバス岡本下車すぐ

〈山之上のケンケト〉

竜王町山之上の杉之木神社と蒲生町宮川の八坂神社合同で5月3日に行われる春祭り。荘園時代に京都祇園社から伝承されたとされ、山之上からは長刀の踊り子が出て、宮川からは14、15歳の4人の少年が、立縞の着物にすげ笠を持って踊る大踊りと、7、8歳の三人の少年が赤い着物に桜の造花をかざして踊る子どもの踊りが奉納される。

八坂神社一の鳥居

祭礼の見せ場は、ドジョウを

くわえた鷺を飾った竹の下のイロブナという無数の色紙を見物人が奪い合う光景で、イロブナはタンスにいれると虫よけになると言われる。

八坂神社　蒲生郡蒲生町宮川
☎0748－55－4885（蒲生町観光協会）

〈お火焚まつり〉

巨岩が露出する赤神山の中腹にある阿賀神社は通称「太郎坊さん」で知られ、約1400年前の開祖と伝わる。聖徳太子や最澄も参詣したといわれ、厄除け・開運・商売繁盛にご利益がある。参道から740段の階段を登って本堂にたどり着くと、眼下に蒲生野の眺めが広がる。

「お火焚まつり」は毎年12月8日に多数の信仰者や観光客が見守る中、神聖かつ盛大に行われ、神道護摩供養としては全国的にも珍しい。古式ゆかしい荘厳な雰囲気の中、全国の信者から集められた20～30万本の護摩木に点火される。うず高く積まれた護摩木が、奉納者の身代わりとなって燃え上がる火の霊力で罪やけがれを払い清められ、心身ともに清らかになって、清々しい新年を迎えることができると言われる。

太郎坊宮では5月にはお田植え祭りが行われ、7月の千日大祭は約800年の歴史があり、奉納された提灯5000灯の灯りが幻想的な光景をみせる。

八日市市小脇町2247
☎0748－23－1341
近江鉄道太郎坊宮前駅から徒歩15分
八日市ICから車で20分

太郎坊宮千日大祭

〈市辺裸まつり〉

八日市市市辺町の薬師堂で毎年1月初旬の夜に行われる。参加者は、薬師堂の向かいの若宮神社の氏子の若連中で、当日は朝から護摩供養があり、午後8時過ぎから身を清めた15歳以上の独身男性が、暗闇の中、大太鼓の合図で「チョーチャイ、チョーチャイ」のかけ声とともに踊りまわり、天井の梁にかけられた「まゆ玉」をわれ先に奪い合う。玉を手にした者はこの年に良縁に恵まれ、村一番の幸せ者になると伝わる。鎌倉時代からの伝統があり、「しうし」と呼ばれるのは、天台宗の修正《しゅうしょう》会《え》が訛ったといわれる。

八日市市市辺町1909
☎0748－24－1234（八日市市観光協会）
近江鉄道市辺駅から徒歩15分

〈日野まつり〉

県の無形民俗文化財に指定を受ける日野町馬見岡綿向神社の例祭で、800年以上の歴史があり、毎年5月3日を中心に行われる。

日野のまつり

豪華な曳山が有名で、江戸時代につくられた9基の山車は関東に出かけた日野商人の財力の豊かさと、日野の町の繁栄が偲ばれる。道沿いの商家では「桟敷《さじき》窓」を飾り、ここから祭りを見物するが、この様式は日野町の特徴でもある。

蒲生郡日野町村井705
☎0748－52－1211（日野町観光協会）
近江鉄道日野駅からバス村井町下車

朝宮とその周辺

朝宮は茶所として有名である。高原の気候を示す信楽町内でも南西に位置しており、国道三〇七号を走ると両側に茶畑が広がり、また茶を商う大きな卸店や販売店が点在している。確かに、朝宮茶は濃厚でまろやかで美味しい。朝宮は京都府の宇治田原と接し、山城より近江への入り口のひとつであったとみられ、南北朝時代の動乱期には甲賀に本拠のある山中氏や小佐治氏により戦闘が行われているようでもある。文明五年（一四七三）五月、太政大臣や関白を歴任し、有職《ゆうそく》故実《こじつ》や古典に通じた当代一流の文化人一条兼良《かねら》は、応仁・文明の戦火を避けていた南都から、所用があって美濃国に向かうが、兼良はこの旅を紀行文『藤河の記』にまとめている。五月二日の未明に奈良を出発した一行は、峠を越えて夕方に朝宮に到着する。雨がそぼ降り、日も暮れてきたとのことにて、これより先を急げば泊まるところもないのではないかと不安になり、一軒の小さな家に宿を借りる。翌朝は、「野尻」「とひかわ」「鞍骨」など聞いたこともない、山仕事をする者以外は通らないような土地を通り、と兼良は記しているが、同日の夕刻に石山寺に到着する。「野尻」は現在の信楽町宮尻、「とひかわ」は大津市大石富川町をさすとみられ、「鞍骨」は倉骨の集落と、一行は信楽川沿いに下り、瀬田川との合流点辺りを北上して石山寺に到着したことが分る。

兼良は「聞きも慣らはぬ」道としているが、この信楽川沿いの大石富川町には富川の磨崖仏《まがいぶつ》や春日神社、常信寺などの優れた文化財が残されている。富川の磨崖仏は、信楽川右岸の岩壁に薄肉彫りと線刻で表される巨大な阿弥陀三尊と不動明王像で、応安二年（一三六九）の年記がみえる。春日神社は久寿元年（一一五四）に奈良の春日大社を勧請して創建されたと記録する。本殿は、方二間の入母屋造り檜皮葺《ひわだぶき》の社殿で、文保三年（一三一九）に建造され、重要文化財に指定されている。常信寺に伝えられた木造釈迦三尊像は、台座の大半も当初のものになる県内でも屈指の平安後期の優れた尊像で、これも重要文化財に指定されている。中世の興福寺の記録には、富川に明王寺また富川寺という興福寺の修業霊場があるとしており、平安時代の後半には南都興福寺と関る霊場であった。兼良は見知らぬ土地であったろうが、興福寺の関係者にとっては、奈良から近江へと向うについて、よく承知した短捷路であった。

朝宮に話を戻すが、ここにも貴重な文化財がある。ひとつは仙禅寺跡と

仙禅寺・岩谷観音

伝える地の磨崖仏で、中世に遡る三尊像が浮彫りされている。もうひとつは、誓光寺に伝えられる木造十一面観音立像である。この三尺の十一面観音像は、洗練された完成度の高い平安後期も十二世紀後半あたりの作例として注目されていたが、近年の解体修理によって像内から十一面観音の頭部を墨描した木札が発見された。これは造像に際して材木に魂を入れる御《み》衣木《そぎ》加持《かじ》に使用されたものを納入したと考えられ、全国的にみても貴重な発見であった。前記した常信寺の三尊像などとともに、この地域は南都と近江を結ぶ道のひとつとして機能していたことが、これらの優れた尊像の分布から見て取ることができる。

栗東への山越え

朝宮から栗東へ向かうには、信楽の市街地に戻って大戸川に沿って谷に入るか、杣原から田代を通って谷筋をめぐって大戸川の谷を横切るかだが、朝宮からは後者のルートが早い。この道筋より少し入ったところには、近年、MIHO《ミホ》 MUSEUM《ミュージアム》が開館し、世界の古代の文化財と日本の造形美術が展示されている。駐車場からは、トンネルを抜けて鉄橋を渡り大き

MIHO MUSEUM

く広い館内へと入るが、自然の山の中に建つ巨大な人工構築物である。この美術館からもとの道に戻って少し行くと、道の下の渓流に三筋の滝が落ちている。それを進むと道は下り坂になり、大戸川沿いに大津の瀬田や石山へ向かう道と大鳥居で交差するが、前方を覆うのが金勝寺の建つ金勝の山である。

交差点を直進すると、道は一気に急勾配の上り坂になる。幾筋かの谷川があるが、そのひとつに沿って道路より左手に少し登ると、大きなそそり立った岩盤が見える。道を知っている人の案内がないとたどり着くのは困難だが、山道を登り、谷川の飛び石を越え、ブッシュの中を進むと、十分ほどで大きな岩盤が川を覆うように転倒している。その横をよじ登って岩盤の上面に立つと、その面に左手を左脛の前で地に付ける触地《しょくち》印の如来坐像が半肉彫されている。その印相からすれば弥勒如来像であろうが、立体感は十分で表情なども丹精であり、鎌倉時代の作としてよい。この転倒した磨崖仏は、小屋谷磨崖仏《まがいぶつ》と呼ばれている。中世に描かれたとされる「金勝寺四至《しいし》絵図」には、信楽町の勅使や牧など大戸川までを描いているが、この小屋谷磨崖仏もその範囲に含まれることからすれば、金勝寺に関る行場や霊場として造立されたものであろう。

この金勝寺の山には多くの磨崖仏が残されているが、最も有名で刮目に値するのが狛坂磨崖仏である。

狛坂《こまさか》磨崖仏と周辺

狛坂磨崖仏は、金勝寺の西北西の山中にある。金勝寺から山道を上下し、また天井川として知られる草津川の上流の上田上桐生町や、大戸川沿いの桐生辻から登ることになるが、いずれも一時間ほどのハイキングコースである。磨崖仏に近づくと、今流にいえば「雛壇造成」された坊跡も残されるが、狭い谷地の一方に高さ六メートルを越える花崗岩の岩盤が少し後傾して立ち、その中央に如来坐像と両脇侍立像が半肉彫されている。像高は如来坐像が二三五センチ、両脇侍が各々二三七センチほどの巨像である。格狭間を表した框の上に、如来像は方座に坐し、両脇侍は返花付きの蓮華座に立っている。如来像は丸々とした顔に大きな耳を表し、目や強く結んだ唇を明快に表し、頬や顎の肉取りも十分である。右肩を露出した偏袒右《へんたんう》肩《けん》に衣を着て、胸前で印を結ぶ。両足は方座の上より外して趺坐《ふざ》している。両脇侍は、豊かな髻《きつ》を結い上げ、胸飾を付けて天衣《てんね》をまとい付け、本尊側

狛坂磨崖仏

の手を胸前において逆の手を垂下する。折り返しのある裳を着けて、完全に足を左右に向けて立っている。三尊像の表現には、本尊の胸前での印相や両足の組み方と位置、脇侍の両足の完全に開いた姿など、不自然な点も認められるが、全体に重量感に富み衣文などの彫出表現も手慣れた強さがあり、特に本尊像の裳の両下端におけるタックの姿などにはその両膝の角張った姿とは異なる柔軟で優れた表現がみえる。その大きさはもとよりのこと、総合的にみて、近江の磨崖仏の中で群を抜いた作例であろう。

その制作については、まず年代観として、古くは七世紀説から新しくは平安中期あたりまでと幅があり、また周辺環境については、新羅の帝都であった慶州近郊の南山との比較や、当然のことながら金勝寺との関連などが考えられている。日本列島内で類作を求めるのが困難である点などからしても、渡来系の工人の介在を認めることに異存はなく、その作風の類似などからすれば、基本的には新羅の彫像に親近感が求められよう。県内の磨崖仏としては極めて古く奈良時代の後半あたりの作とするのが、この山がこの時期には興福寺や良弁に関る東大寺との関係も生起するようであり、妥当性が認められよう。

この三尊像は、先端が尖った舟形光背とみられる枠内に納められるが、

さかさ観音

そこには三尊像二組と菩薩立像三躯も、本尊に比較して小さくではあるが浮彫りされている。また向かって左には小振りの岩があり、三尊仏が浮彫りされている。これらはいずれも古様な趣があり、平安時代に制作されたものと推測される。金勝の山は平安時代に至って本格的な山岳寺院としての開発が進み、寺観を整えると考えられるが、これら追刻された磨崖仏の優れた造形に接するとき、この狛坂磨崖仏の地、特に主尊が浮彫りされるこの岩盤は、聖なる土地とそれを象徴するものとされたように思われるのである。

この狛坂磨崖仏より上田上《かみたなかみ》桐生《きりゅう》町に下がる道より入った場所に、小屋谷磨崖仏と同様に転倒した巨大な岩盤がある。その上面は平らになって、如来坐像を中尊とする三尊像が浮彫りされている。転倒した岩盤の形状よりして、一般に「さかさ観音」と呼ばれているが、これも量感にあふれた本格的な磨崖仏であり、平安時代の作とみられる。この「さかさ観音」とは反対に、狛坂磨崖仏より金勝寺の方向に道をとると、巨大な岩が重なっている場所があり、その岩面にも磨崖仏が彫られており、さらに進むと岩をやや深く掘り込んだなかに愛らしい如来立像が半肉彫されており、一般に「茶沸観音」と呼ばれている。「茶沸観音」は一見して白鳳仏かと見まがう

金勝の山より大津方面

ほどに丸々とした童顔のようにみえるのであるが、実際の制作時期については検討を要しよう。

このように、この一帯は各所に古い磨崖仏が残されており、古像の集中率は県内でも群を抜いている。金勝の山は、山岳修業の霊場として、特に磨崖仏を制作する集団もしくは工人や、その信仰形態の有り様などが注目され、今後の大きな検討課題といえよう。

金勝寺《こんしょうじ》　その正統的な南都の山林道場

狛坂磨崖仏より、山道のハイキングコースを一時間ほど歩くと、金勝寺に着く。といっても、前記した絵図ではこの山のほとんどが金勝寺の領域であったことになるので、正確には現在も堂が残る金勝寺の主要伽藍の地へ着くといわねばならないだろう。

金勝寺が正史に登場するのは、平安時代初期の天長十年（八三三）九月で、金勝山大菩提寺を定額寺《じょうがくじ》とするという記事である。このときに、大菩提寺と呼ばれるこの山の寺、即ち金勝寺は、国家公認の官寺のひとつに列せられたのである。その約六十四年後の寛平九年（八九七）六月に発せ

金勝寺

られた太政官符《だいじょうかんぷ》によって、毎年、僧を二人ずつ増員することを律令政府によって認められるが、このなかに金勝寺の歩みが簡略に記録されている。それによると、かつて聖人の金粛菩薩という僧がこの地を開き、平安時代初期の弘仁年間（八一〇―二四）に興福寺の高僧であった願安が入り伽藍を整備したとしている。この地を開いた金粛菩薩とは東大寺の高僧である良弁《ろうべん》のこととされている。良弁は関東の相模国の出身とされるが、一説に近江国滋賀郡の出身ともされ、奈良時代後半に創建される石山寺の造営に深く関わったようであり、また山岳修業に努めたともみられ、この伝承をあながち荒唐無稽な伝説とするわけにはいかない。いずれにしても、金勝の山は南都の山岳修業と関わる山林道場として開発されたことになる。

それを引き継いだ願安《がんあん》は、伝灯《でんとう》大法師として宮中の仏名会などにも公請《くしょう》された興福寺の高僧で、前記した大菩提寺が定額寺になるについては、この願安の伽藍整備や尽力によるところが大きかったことは間違いない。九世紀には、比良山や伊吹山などの近江の霊山が南都の特に法相宗の僧によって開発されている。いずれも神が鎮座する場所として崇められていた霊山であり、その神のもとで厳しい修行に励むことは、僧としての神秘な霊力、スーパーパワーを獲得するのに極めて重要視されていた。しかし、そのような厳しい山の開発であったため、資材や人員を輸送するための港湾や道路の整備なども必要とし、また当然のことながら堂舎の建築や、そこでの修行に関わる最低限の生活用具や安全の確保もはかられる。南都の高僧による山林道場の開発には、高度な土木・建築技術や資材輸送の人員などが必要であり、単に一人のお坊さんが山の中のお堂に籠りに来るといったような素朴な営みではなく、やや誤解を招くかもしれないが、現代ならさしづめ巨大なダムの建設のような一大プロジェクトであったろう。平安時代の初期、今は鬱蒼とした山林に囲まれた、鳥の声や風にそよぐ木々の音しか感じられないこの山中に、道を造り、伽藍の場所を整地し、堂舎を建て、仏像を造像する喧騒の時期があったはずである。

今の金勝寺は、鬱蒼と茂る木立の中にある。長い参道の先に門が建っている。門をくぐると右手に、正直なところ立派とはいえない堂が残されているが、堂内を伺うと驚くことになる。像高が三六〇センチにおよぶ巨大な軍荼利《ぐんだり》明王立像（重要文化財）が威容を誇っているからである。八本の腕のうちの二本を胸の前で交叉させ、上半身には肩に天衣を懸けるだけの裸形として下半身には短い裳をまとい、両目を見開いて嗔目《しんもく》とし、歯や牙が下唇を噛むようにして怒る姿で左足をやや前にして力強く立っている。

軍荼利明王立像（金勝寺）

半丈六の立像という巨像ながら、頭から体の中心を一本の針葉樹から彫りだした一木造になる。その制作技法や顔の筋肉の動きのある表現、分節的な体の彫出などからすれば、あるいは前記した太政官符が発行された九世紀の末頃に造像された可能性もあろう。多くの優れた仏像が伝えられる近江でも、屈指の巨大な平安時代の古像である。

金勝寺には巨像が多く伝えられている。本堂には、像高が二二三センチにもおよぶ釈迦如来坐像が本尊として安置されている。その優美で洗練された表現からすれば、十二世紀の優れた技量を持つ仏師の作と考えられる。また同じく本堂に安置される虚空蔵《こくうぞう》菩薩半跏《はんか》像は、右足を踏み下げた像高二五五センチに達する十一世紀前半あたりの尊像である。これだけの巨像が伝えられるということは、金勝寺には威容を誇る堂舎が存在していたことを物語っているのだが、この地の平安古像はこれら巨像に止まるわけではない。等身の毘沙門天像は右足を大きく踏みだして力強く立つが、十世紀半ばの堂々とした優作である。等身坐像の地蔵菩薩像は、十二世紀半ばあたりの洗練された表現になる。これらの尊像はいずれも重要文化財に指定された著名な作例であるが、他にも注目すべき尊像は多い。像高が一メー

飯道神社

トルほどの地蔵菩薩立像は、平安時代前期の作風を残す堂々とした十世紀の作例で、実際以上の大きさを印象させる。また平安時代後期の四天王像も伝えられている。

　このようにみてくると、金勝寺は、奈良時代にその開発が始まった可能性も大きく、平安時代に入ると本格的な開発が興福寺を中心とした南都の僧によって行われ、平安時代を通じてつねに本格的な造像が行える環境にあったということになる。その前提となったのは、この山が神の山として意識されたことにあるのではないかとみられるが、その証明は今となってはむつかしい。しかし、金勝寺には、優れた平安時代の僧形神像や女神像が伝えられていることでそれが推測される。前記した寛平九年（八九七）六月に発せられた太政官符で認められた毎年二人の僧は、野洲郡の三上神・兵主《ひょうず》神と甲賀郡の飯道《はんどう》神と遠く坂田郡の山津照《やまつてる》神のために法華経や最勝王経を転読して鎮護国家を祈るためである。この時期の近江各地にある南都系山林修業の山岳道場は、陸路や琵琶湖の水運を介していわばネットワークが存在したとみられるが、このような広域の有力な神と関わる金勝寺の有り様からすれば、そのネットワークの中心に位置していた可能性も大きい。この地が平安京や南都に近いという地理的な地政学上の要素も大

金勝山県民の森

きいことはいうまでもなかろうが、東大寺と関る良弁の草創とされる血統の正しい正統性が、この山の立場を保証したかとも思われるのである。とすれば、金勝寺の辿った栄光の足跡は、その周辺を見渡すことでより確かなものとなるであろう。

金勝の山の古像

前記してきた多くの磨崖仏の古像も、基本的には金勝寺に関るものと判断されようが、それとともにこの寺の周辺に伝えられる古像も、金勝寺という南都系山林道場に端を発したこの山のいっそうの霊場化によって生み出されたものといえよう。ここではそのうちのいくつかを取り上げるに留めざるを得ない。

金勝寺から林道を下り、広い県道に出ると、昭和五十年（一九七〇）に全国植樹祭が行われた広い県民の森がある。県道は大きなカーブを続けながら里へと下ってゆくが、貴重な尊像は主としてこの道の左右に残されている。総じてこれら周辺の古像は、金勝山の北東側の山中や山麓に集中しているが、南西側が大戸川の深い谷に画されるのに対して北東側は平野と里が開けている。尊像の現存する場所がそのまま当初よりの安置状況を示すとは断言できず、後世に荒廃してゆく山中の堂舎より村人達の手によって近くに移動された可能性を想定する必要があるものの、一般的な傾向としては、平野に出てゆこうとする動きを示しているかとも想像されよう。

まず金勝寺に近い場所からうかがうと、金胎寺《こんたいじ》がある。本堂には、永治二年・康治元年（一一四二）の年記が像内にある阿弥陀三尊像と二天王像が安置されている。本尊の阿弥陀如来坐像には、年記とともに約四十名ほどの人名を列記した結縁交名《けちえんきょうみょう》も残されている。いずれも洗練された作風になる平安後期の優れた作例で、重要文化財に指定されている。

吉祥天立像（吉祥寺）

井上の集落内に建つ吉祥寺には、九世紀に遡るかとみられる二天王像が安置されている。像本体の頭から体の中心と足下の岩座を一材から造る一木造の像で、金勝寺の圏内では前記した巨大な軍荼利明王像とならぶ平安時代の古像である。厨子内に安置される本尊は可愛らしい吉祥天立像であるが、その制作は十一世紀辺りとみられる。この吉祥天像には仕掛けがあり、背中の一部が蓋になっており、像内に像高が六センチという小さいながら驚異的な精緻さで表される如意輪観音像が、台座や光背を具備して納入されている。さらにこの如意輪観音像の台座などには、正応四年（一二九一）に造像し嘉元四年（一三〇六）にこの吉祥天像に納入したことが書かれている。ということは、この吉祥天像は造像されてから三百年ほどしてから背中の一部を切断されて、中に如意輪観音像が納められたということになる。連続してゆく信仰の数奇さを垣間見ることもできる珍しいものである。

吉祥寺とは県道を挟んで逆の集落に建つ敬恩寺にも、十一世紀末頃に制作された堅実な十一面観音立像を伝えているが、県道が平地に入ってしばらくすると、左手に中央競馬会の栗東トレーニングセンターがある。それを左にして進んだ右側の山麓に建つのが、善勝寺である。善勝寺には、全国的にも珍しい形式をとる千手観音立像が伝えられている。十世紀後半に造像されたとみられるこの千手観音像は、本面の左右に大きく脇面を造り、大きな脇手の間に、小さく脇手を集めて鳥の羽のように表している。一般に「三面千手観音」と呼ばれる種類の古像であるが、この種の脇面を伴う菩薩像は天台系統の図像によるかとみられる。前記した金胎寺の諸像なども、基本的には天台浄土教による造像と解せようから、南都の山林道場として開発された信仰の山金勝にも、地理的な要因もあって天台宗の進出が

田上山

さかんとなったようである。そして室町時代に至ると、当地の出身になる隆尭《りゅうぎょう》が金勝の浄厳房《じょうごんぼう》で浄土宗の布教に努め、後にその系脈は山麓に阿弥陀寺を建立し、この地域の浄土宗の一大拠点へと発展した。しかし、安土城を築城し、その城下を整備する織田信長は「こんせの坊主寺領事」にはじまる「天下布武」印を押捺した命令書によって安土城下への移転を強要し、浄厳房の名跡は安土の浄厳院へと移ってゆく。近世の強力な統一政権の誕生のもとに、長い歴史を伝えてきた金勝の山の宗教も大きく変動するのである。

田上の万葉歌

行程を大戸川沿いの道に戻そう。上田上大鳥居町の交差点を西に進み、大戸川の深い渓谷を抜けると、田園風景が広がってくる。大戸川は瀬田丘陵に行く手を阻まれて南西に向きを変え、瀬田川に合流するが、この辺りを田上《たなかみ》と呼んでいる。

ところで、現在は大津市になるこの一帯も、以前は栗太郡の範囲にあたる。瀬田川より東の大津市域と草津市、そして栗東市が栗太郡の範囲であ

太神山不動寺

る。二〇〇一年十月に、栗東町は栗東市になって市制へと移行したため、この史書や記録に名を残す由緒ある「栗太郡」は、行政地名としては消えてしまうことになったが、近江国衙《こくが》は瀬田橋の東に位置していたのであり、かつての近江の国府はこの栗太郡にあった。田上はこの国府のあった瀬田の南に位置し、山頂付近に園城寺《おんじょうじ》の末寺になる不動寺が建つ、標高六百メートルほどの太神山《たなかみ》を主峰とする一帯は、良材の産地として古代の帝都の造営に多くの木材を供給したのである。一説に、この付近一帯はこの古代の材木伐採のために現在もはげ山となったとも説明されるが、その当否はともかくとして、この山に関る治水・砂防事業は、明治以降の滋賀県の大きな課題のひとつであったことに違いはない。その成果のひとつが、オランダ人技師のデレーケも関ったとされる上田上桐生町の砂防ダム「オランダ堰堤《えんてい》」である。

　さてこの地の材木が、古く七世紀の藤原京の造営に用いられていたことが、『万葉集』の長歌より分る。それは、藤原京の造営に携わった民の歌とされるが、基本的には新京を寿ぐ内容になる。その一節に「石《いわ》走る　近江の国の　衣手の　田上山の　真木《まき》さく　檜《ひ》の嬬手《つまで》を　もののふの　八十《やそ》氏河《うじかわ》に　玉藻《たまも》なす　浮べ流せれ」と続き、「知らぬ国　寄し巨勢道《こせぢ》より

わが国は 常世《とこよ》にならむ 図負《ふみ》へる 神《あや》しき亀も 新代《あらたよ》と 泉の河に 持ち越せる 真木の嬬手を 百足《ももた》らず 筏に作り 泝《のぼ》すらむ（一—五〇）としている。枕詞などを多用しての技巧的な歌といえようが、無機的に読み解くならば、近江国の田上山の檜の良材を、筏に組んで宇治川や泉川（木津川）を流して運搬する様子が歌い込まれているのである。藤原京の造営にこの地の木材が供給されたことが分り、その木材は瀬田川から下流の宇治川を経て木津川を遡上し、そして陸路で大和南部へ搬送されたのであろう。

田上不動奥山論所立会改絵図（滋賀県立図書館蔵）

田上というより広く栗太郡は、木との関連をもつ説話で語られている。『今昔物語集』には、栗太郡に影が丹波国や伊勢国まで覆うような巨大な柞《いすのき》の木があり、特に近在の諸郡の人々は難渋したとの説話を伝えているが、室町時代の『三国伝記』では大木は栗の木となり、「栗太郡」の地名伝承として定着するようである。田上の木材に話を戻すと、奈良時代に東大寺が律令財政を傾けるほどの大プロジェクトとして建立されるが、その造営を担当したのが、当時のハイテク機関ともいえる造東大寺司である。その出先調達機関として、主として用材の調達に関る機関が近江に作られる。高島山作所や甲賀山作所であるが、そこから調達された材木は野洲川や琵琶湖を筏で流し、石山の辺りで集積され、瀬田川・宇治川・木津川を流して木津木屋所で再び集積して奈良坂を陸送して平城京内に運び込まれた。その石山の地に建てられるのが、良弁も関係した石山寺であるが、その造営にはこの田上山作所より調達された材木が多く使用されている。正倉院文書には、石山寺の造営や、それに関る多くの文書が伝えられており、その文書の分析から田上山作所とその職務の内容、そしてどのような材木を供給したかなどが解明されているのである。

田上は、『万葉集』の時代に、材木の供給地として知られた土地であった。『万葉集』には作者不詳の相聞歌として「木綿畳《ゆふたたみ》　田上山のさな葛《かづら》　ありさりてしも　今ならずとも（一二―三〇七〇）」も収録されているが、より古く『日本書紀』神功皇后の記事に田上を入れた歌がある。神功皇后の命を受けた武内宿禰《すくね》は宇治川で、仲哀天皇の皇子の忍熊王《おしくまおう》の軍勢と対峙する。武内宿禰は謀略によって忍熊王を油断させ一気に攻勢をかけて壊滅させ、逢坂山で追撃して撃破する。忍熊王は、琵琶湖岸の栗津の栗林に逃げ、観念して瀬田の渡しで入水して果てる。その遺骸が数日後に下流の宇治川で発見されるが、そこで武内宿禰が詠んだとするのが「淡海《おうみ》の海《み》　瀬田の済《わたり》

に　潜《かづ》く鳥　田上過ぎて　菟道《うじ》に捕へつ」である。

木材の供給地として知られた田上は、平安時代には朝廷に氷魚を献上する供御所《くごしょ》となり、田上網代《あじろ》が設けられた。また、藤原摂関家の田上御厩《みうまや》が設置され、藤原道長が逗留することもあった。また院政期の代表的な歌人の一人である源俊頼はこの地に滞在したようで、田上の山河、その景勝地である八島や石良の瀬、桜谷などを詠み込んだ多くの和歌を残している。

田上の地は、南へ進めば山を越えて宇治田原へと抜けることができ、瀬田川に沿って進めば宇治に至る。瀬田川を上れば瀬田橋へと到着するが、この橋は古代よりの畿内と東国を結ぶ幹線道路に架けられた重要な拠点であった。橋を西に渡ると石山寺は間近である。

（髙梨　純次）

みちしるべ

◆飯道神社

飯道山中腹にある古社。奈良時代に建てられ、平安期には神仏習合の飯道寺として栄えたが、兵火のため焼失。現在の本殿は江戸時代初めに再建されたものだが、国の重要文化財。昭和51年（1976）、修復事業により創建当初の姿が再現された。

信楽高原鐵道紫香楽宮跡駅下車、車で15分、そこから山頂まで徒歩30分

☎0748—82—2345（信楽町観光協会）

◆紫香楽宮跡

天平14年（742）、聖武天皇が造営に着手した紫香楽宮だったが、相次ぐ周辺の山火事や地震のため、わずか3年で都は平城京へ戻った。以来「幻の都」といわれた紫香楽宮だが、長年の発掘調査により、宮町遺跡に宮殿があり、従来の紫香楽宮跡（国史跡）は甲賀寺跡であるとわかった。

信楽高原鐵道紫香楽宮跡駅下車、徒歩10分。宮町遺跡へは国史跡から徒歩40分

☎0748—82—8076（信楽町生涯学習課）

◆玉桂寺

奈良時代末期に淳仁天皇が造営した離宮「保良宮」の跡で、空海がその遺跡に一堂を建立したのが開基と伝えられている。現在は、玉樹本堂と山門などが残されており、俗に「弘法さま」と呼ばれて信仰を集めている。阿弥陀如来立像は国の重要文化財。

信楽高原鐵道玉桂寺前駅下車、徒歩5分

☎0748—83—0716

◆県立陶芸の森

陶芸の国際交流の場として平成2年（1990）にオープン。陶芸館では、信楽焼をはじめ世界の陶芸作品を一堂に展示。信楽産業展示館は総合展示、ショップ、レストラン、信楽ホールがある。創作研修館は若手作家の創作活動の場となっている。信楽高原鐵道信楽駅下車、徒歩20分

☎0748—83—0909

◆MIHO MUSEUM

自然を可能な限り残すためにと建築容積の約80%を地下に埋設させた美術館。北館は日本美術を主体に、南館は世界各地の古代美術品を地域別に展示している。開館時期は春、夏、秋の3期に分かれているため、確認が必要。

信楽高原鐵道信楽駅下車、車で20分／瀬田西IC・栗東ICから車で30分

☎0748—82—3411

◆畑のしだれ桜

樹齢300～400年という町指定の天然記念物のしだれ桜で、高さ約12m、幹の最大周囲約3・7mという巨樹。落人の伝承とあいまってこの地のシンボルとなっている。開花時期は例年4月中旬で夜はライトアップされている。

信楽高原鐵道信楽駅下車、車で15分

☎0748—82—2345（信楽町観光協会）

◆仙禅寺跡磨崖仏

仙禅寺は、県境をへだてて南

西約５kmに位置する鷲峰山金胎寺の別院で養老６年（７２２）開基と伝えられている。中世の戦乱で諸堂を焼失し、現在は岩谷観音と呼ばれる十一面観音を祀る小さな礼堂が残る。礼堂近くの奥の院跡の岸壁に像高約１・３mの三尊形式の磨崖仏がある。
信楽高原鐵道信楽駅下車、車で20分
☎０７４８—８２—２３４５
（信楽町観光協会）

◆栗東歴史民俗博物館

栗東市の歴史と民俗をテーマにした博物館で、第１展示室では、縄文石器や稲作のための道具、集落遺跡の出土品、中世の栗太郡や栗東市に関する文書などが展示されている。第２展示室では、随時企画展が催されている。ＪＲ草津駅からバス赤坂団地下車、徒歩３分／ＪＲ手原駅から徒歩20分
☎０７７—５５４—２７３３

◆東方山安養寺

聖武天皇の勅願によって僧良弁が開基したと伝えられる、真言宗泉涌派の寺院である。長享元年（１４８７）、将軍足利義尚の陣所であったことでも知られている。安養寺山の山裾を築山として巧みに利用し琵琶湖をかたどった池の広がる池泉鑑賞式の庭園や、木造薬師如来坐像もあり、県の名勝に指定されている。
ＪＲ手原駅から徒歩15分
☎０７７—５５２—００８２

◆栗東自然観察の森

丘陵地帯にひらけた、自然を人の五感を通して学びとる自然観察施設。約14万㎡の敷地の森の中に、観察小屋・観察路・ビートルランド・イトトンボの湿地などがあり、指導員の指導を受けながら実際に自然を観察できる。
栗東ＩＣから車で５分
☎０７７—５５４—１３１３

◆金勝寺

奈良時代に良弁が開基、のち願安が伽藍を建立し、中世には湖南仏教文化の中心をなした古寺。参道を登りつめると仁王門、そして一段高く正面に本堂、その手前右に二月堂が建っている。本堂の左側虚空蔵堂の木造虚空蔵菩薩半跏像は、「十三詣りの仏」として信仰されている。

ＪＲ栗東駅から車で30分／栗東ＩＣから車で25分。

☎０７７—５５８—００５８

◆狛坂磨崖仏

金勝山の狛坂廃寺跡にある磨崖仏で、平安時代の作と言われ、高さ約７m、幅約４mの花崗岩の下方に、中尊の阿弥陀如来坐像と両脇に観音と勢至の菩薩立像が刻まれ、周りに12躯の菩薩像が刻まれている。写実的で優れた磨崖仏で、国指定の史跡となっている。
ＪＲ草津駅からバス片山下車、徒歩２時間
☎０７７—５５１—０１２６
（栗東市観光協会）

◆道の駅　こんぜの里りっとう

近辺の観光情報を気軽に知ることができる他、ぼたん鍋やいちじくジャムを味わうことができる。また、木工品の展示や野菜・花・炭などを販売している。２階に和室の研修室があり、有料にて多目的に利用できる。
栗東ＩＣから車で20分
☎０７７—５５８—３８５８

◆アグリの郷　栗東

栗東の味覚が満喫できる施設として平成12年（２０００）にオープン。「みそ工房」、「豆腐工房」、「もち工房」、「パン工房」と地元産の材料を用いた手作り工房の商品を買うことができる。その他「ジェラート工房」、「そば・うどん工房」、「農産物直売所」、「そば・郷土料理」があり、自分でうどん・そば・パンを作れる体験道場もある。
ＪＲ栗東駅から車で５分
☎０７７—５５４—７６２１
（栗東農産物加工㈲）

丘状にそびえる甍《いらか》群　近江国庁と関連遺跡

〈地方行政組織研究のさきがけ近江国庁〉

昭和38年、大津市瀬田の丘陵地では、雇用対策促進事業団の宿舎の建設が始まり、大型ブルトーザーが斜面の土を掘り返し始めた。すると大量の瓦が出てきた。幸いにも周辺住民の適切な通報によって、暫時工事が延期された。発掘調査の結果、古代の地方行政組織を知るうえで画期的な発見であり、近江国庁の中心部と考えられる政庁の遺構であることが確認された。

国庁とは、いまでいう県庁の機能を持った役所といえるが、七世紀中期の近江は畿内でも有力な国であり、この役所に勤務する役人も他の国庁よりも多く、都への物資の供給地として重要な位置を占めていた。近世の東海道に踏襲される古代の官道に沿って八丁四方の広範囲にわたって役所や住居、倉庫群が丘の上に林立していたと考えられている。

全国で始めての国庁跡の発見地域である大津市三大寺周辺は、調査後に国の史跡の指定を受け、保存されている。昭和44年には「近江国衙跡」の碑が建ち、今や日本国内の国庁研究の中心といわれる。紙一重の危機から誕生した国庁跡の発見であったが、その後、周辺の調査が進み、国庁と周辺の施設の状況の全容が見え始めてきた。

近江国庁史跡公園

〈壮大な倉庫群　惣山遺跡〉

国府域の南東部に位置する惣山遺跡は国庁と同時期の8世紀に建設され10世紀後半頃まで存続していた12棟の倉庫と推定されている。

南北約300メートルにわたって一列に配置されるという得意な建物構成を持つ遺跡であり、近江国庁跡と同一の飛雲紋瓦が出土している。

〈役人が居住した国司館跡といわれる青江遺跡〉

国庁跡から南へ300メートル離れた丘陵上に、築地塀で区画された施設の存在が確認され、土師器・須恵器などの土器が比較的多く出土し、国司などの役人層の居住範囲の可能性が考えられる。

〈古代東海道の駅？　堂の上遺跡〉

瀬田川に近い小高い丘陵上に位置する堂の上遺跡は、周囲を築地塀で囲んだ内部に正殿、後殿と見られる東西棟の建物や、脇殿と考えられる南北棟の建物がみられ、平安中期まで遺跡が存在したらしい。建物構造から古代東海道に設置されていた勢多駅の可能性が考えられている。

大津京と万葉歌

米原
栗東I.C
上田上
瀬田ノ唐橋
瀬田東I.C
瀬田神領町
東海道
新幹線
瀬田川
南郷洗堰
琵琶湖の水位を調整する堰
宇治
石山寺
いしやまでら
瀬田ノ唐橋
京滋バイパス
久御山
岩間山
443m
岩間寺
静寂の山寺
逢坂関跡
京都市
山科区
京都東I.C
京都南I.C
三条
五条
yoshimo

N
琵琶湖
草津
東海道本線
草津
膳所城跡
近江大橋
唐崎ノ松
柳ヶ崎
浜大津
(東海道)
京阪石坂線
今津
からさき
JR
(湖西線)
坂本
あのう
はまおおつ
大津市
おおつ
穴太
滋賀里
錦織
近江神宮
園城寺(三井寺)
大津京跡
崇福寺跡
山中越
比叡山ドライブウエイ
比叡山延暦寺方面
田ノ谷峠
京都・北白川
約2Km先に天智天皇陵がある

保良宮と石山寺

石山寺が初めて歴史の表舞台に登場するのは、天平宝字五年（七六一）から開始された石山寺の大増改築工事である。これにより、石山寺は二十数棟の堂舎をもつ大寺院へと変貌する。この増改築工事は、その二年前から始まっていた保良宮《ほらのみや》造営と深い関わりをもっていた。天平宝字三年末に造営担当の役人が任命され、工事が始まった保良宮が、同五年十月に「北《ほっ》京《きょう》」として位置付けられ、その鎮護の寺院として石山寺の増改築が命じられたのである。

工事は天平宝字五年末から始まる。造東大寺司《ぞうとうだいじし》が工事を担当し、現地に造石山寺所《ぞういしやまじしょ》という役所が設置され工事の指揮に当たった。工事は急ピッチで行なわれ、翌年七月には早くも完成し、保良宮鎮護の寺院にふさわしい大寺院へと生まれ変わる。今日の石山寺の基礎がこの時にできたといってよい。

この時に建立された建物は、従来から当地にあった建物を再利用したもの、紫香楽宮などの他所から移築したもの、新たに建立したものの三種類

大津市国分の洞神社

があった。『正倉院文書』の石山寺関係史料を見ると、工事が行なわれる以前から、当地には少なくとも仏堂をはじめとする十一棟の建物（いずれも檜皮葺か板葺で、瓦葺はない）があったことがわかる。この建物群がいつ建てられたのか分かっていないが、石山寺の位置や境内出土の遺物から見て、その創建は白鳳時代に遡る可能性が考えられている。

一方、一足先に造営が始まった保良宮は石山寺のようには順調に進まず、一年余りたった天平宝字五年の正月になっても、まだ完成していなかった。だが、同年十月には、淳仁《じゅんにん》天皇と孝謙太上《こうけんだいじょう》天皇などが当地に行幸していることから、ようやく宮の造営が順調に進んでいるかのように思われた。しかし、翌六年の正月になってもまだ完成せず、その後、道鏡《どうきょう》をめぐって天皇と太上天皇の間に不和が生じ、両者が平城京へ帰ってしまったため、結局は未完成に終わったようである。このことからも、この宮の造営をめぐる事情がいかに複雑であったかがうかがえる。

このような造営状況から、宮の位置については、いまだに確定していない。通説では瀬田川西岸の旧滋賀郡石山付近にあったと考えられているが、これまでに晴嵐《せいらん》小学校が建つ台地（大津市光が丘町）を中心に、幾度かの発掘調査が実施されているにもかかわらず、保良宮に直接つながる遺構は

晴嵐小学校校庭にある「近江国分寺」碑

見つかっていない。ただ、晴嵐小学校南側一帯で行なわれた宅地開発などに伴う発掘調査（平成三年～四年）で、保良宮時代の遺構や遺物が見つかっていることから、周辺のいずれかの場所に所在した可能性が強くなったといわれている。だが、保良宮はどの程度までできあがっていたのかわからず、規模がはっきりしていないことから、場所を特定することは非常に難しいといわざるをえない。先の晴嵐小学校のある台地は、小さな谷が幾筋も入り組んだ複雑な地形をしていることから、宮の造営に必要な平坦な土地を確保することは困難だと思われる。だが、当地では瓦葺《かわらぶ》き礎石建物跡が見つかっていることから、近江国分寺・同尼寺の立地が考えられており、宮はその前面（北側）に広がる平地に想定する見解がある。いずれにしても、時の権力者藤原仲麻呂が中心となり進められてきた保良宮造営は、彼の死とともに中止され、人々の記憶から忘れられた存在になってしまった。当時の政権争いに翻弄された宮だったといえる。

大津京時代の石山寺

東寺真言宗の総本山石山寺は、これまで聖武《しょうむ》天皇や東大寺の良弁大僧都《ろうべんだいそうず》

石山寺出土瓦（左）と「古瓦譜」（右）（石山寺所蔵　大津市歴史博物館提供）

との関わりから、奈良時代中頃の創建とする見解が一般的であった。しかし、石山寺に伝存する境内地出土の瓦や近年の発掘調査の成果などから白鳳時代頃まで遡る可能性が出てきた。

石山寺には、江戸時代の寛政年間（一七八九〜一八〇〇）に座主を務めた尊賢《そんけん》僧正が寛政九年（一七九七）から同十一年にかけて収集した瓦と、その拓本を載せた冊子『古瓦譜《こがふ》』（和綴本）が伝えられている。それによると、寛政十年八月に、境内地（場所不明）から単弁八葉蓮華紋軒丸瓦や重弧紋《じゅうこもん》軒平瓦など八点が出土しており、中でも軒丸瓦五点は、これまでのところ大津京に最も関わりが深いと考えられる南滋賀町廃寺だけでしか見つかっていない。しかも、同廃寺の瓦を生産した榿木原《はんのきはら》遺跡では焼かれておらず、出土量もひじょうに少なく、どのような場所に葺かれていたのかも分からない、謎の多い瓦といえる。表面のデザインも、相撲の軍配のような形をした大きく偏平な花弁を六枚、または八枚配したり、凸線で花弁を表現するなど、他には見られない特異なものである。このような瓦が石山寺の境内地から出土することは、白鳳時代に、この瓦を使った建物（屋根の一部に瓦を使用か）が存在する可能性を示しており、しかも南滋賀町廃寺と深く関わった施設だったと考えられる。これを裏付けるように、平

瀬田唐橋

成二年（一九九〇）に実施した境内地の発掘調査で、わずかな出土量だが、格子目タタキをもつ平瓦片が出土した。

石山寺が立地する場所は、軍事・交通上の要衝である瀬田橋に近く、大津京の東の入口として、これを守り、監視する施設があったとしても何ら不思議はない。それが石山寺の前身となる寺院なのか、後世の砦のような軍事施設なのか、現時点では判断のしようがないが、いずれにしても、南滋賀町廃寺と同じ瓦が出土することから、同廃寺、さらにいえば大津京に深く関わった施設があった可能性が強くなったといえる。

これはあまり知られていないことなのだが、石山寺には、大友皇子が壬申の乱で瀬田橋の戦いに敗れた後、境内の月見亭横にある芭蕉庵の南付近で亡くなったという伝承が残されており、境内に大友皇子を祭神とする社がある。本堂の横に建つ三十八社五明神社（三十八所権現）の社伝によると、大友皇子とその一族三十八柱と重臣五柱の霊を祀るために建てられたのが当社の始まりだという。壬申の乱最後の激戦、瀬田橋の戦いは橋の西詰で激しい戦いが繰り広げられており、石山寺が建つ伽藍山の麓一帯でも戦闘が行なわれたことが、このような伝承を残すことになったのだろうか。

（松浦　俊和）

石山寺内の紫式部の碑

石山寺詣と紫式部

石山寺は、すでに前項でふれられているように白鳳時代から登場した、日本を代表する古刹である。石山寺の歴史や文化が、本格的に展開するのは、平安時代中期いわゆる十世紀以降のことで、本尊の如意輪観音菩薩像への信仰であった。石山寺の霊験あらたかな観音への参詣が、平安時代後期ごろから盛んに行われた。当初は天皇・公卿らの参詣が多く、次第に「石山寺詣《もうで》」とよばれるようになったのである。

観音霊場として石山寺参詣の重要な契機になったのは、延喜十七年（九一七）の宇多法皇の参詣であった。

宇多法皇は、その後も石山寺に参詣しているが、これが都の人に当寺への関心を高めた。これに続いて寛和元年（九八五）に円融院、さらに円融院皇后の東三条院詮子《せんし》（藤原兼家の娘）をはじめ、藤原氏一族も次々と参詣をした。

このように観音霊場として、石山寺の名は著名となった。石山寺は、瀬田川沿いにあり、京都から逢坂峠を越えて琵琶湖畔を通り、ちょうど半日

石山寺源氏の間

の行程で距離的に近い。そのうえ風光のすぐれた高台に位置し、参詣として絶好の立地にあった。『枕草子』の作者清少納言も、「寺は石山」と数ある寺の一つに石山寺をあげているほどである。

なかでも石山寺の名を高めたのは、紫式部（藤原為時の娘）の参籠《さんろう》であった。紫式部が石山寺に参籠しているときに、石山寺にのぼる中秋の名月を眺めながら『源氏物語』の構想を得て、「須磨《すま》」「明石《あかし》」の巻《まき》を執筆したといわれている。これは『源氏物語』よりずいぶん年代がくだり、南北朝時代につくられた「河海抄《かかいしょう》」の説であるという。

現に平安時代に建立された石山寺本堂（国宝）の正堂に「源氏の間」があり、ここで式部が『源氏物語』を執筆したことは、もちろん確証づけられていないが、「源氏の間」の部屋は参籠室として貴族たちの参籠の間であった。鎌倉時代の『石山寺縁起絵』の第四巻には、式部参籠の図が描かれ、詞書《ことばがき》に式部が湖をみているところの説明が付せられている。

そして、『源氏物語』のなかの「関屋」と宇治十帖の「蜻蛉《かげろう》」の巻には、石山寺の貴人参籠の様相が綴られていることが興味深い。

石山寺東大門

西国巡礼と石山寺

観音菩薩の霊験を信ずる信仰は、日本ではすでに奈良時代から始まった。同時代末の説話集『日本霊異《りょうい》記』にも、観音に対する信仰とその霊験に関する説話が数多く登場し、民間信仰の一つとして、観音信仰が広く展開していたことを物語っている。

平安時代に入ると、浄土教の発展につれ、迷いの世界である六道《ろくどう》から衆《しゅ》生《じょう》（人間）を救済するという六観音（聖《しょう》・千手《せんじゅ》・十一面・馬頭《ばとう》・如意輪《にょいりん》・不空羂索《けんさく》または准胝《じゅんでい》）への信仰が生まれたのである。各地に観音像をまつる寺院が建立され、観音の霊験を信じて人々は観音寺院へと参詣に向かった。

平安時代後期の『梁塵秘抄《りょうじんひしょう》』に「観音験《しるし》を見《み》する寺、清水、石山、長谷のお山」とある。開基の古い石山寺は、清水寺・長谷寺（奈良県）と並んで、とくに著名な観音霊場であったことがわかる。

そして、観音菩薩が三十三身に化身して現われ、衆生を救うという「観音経」にちなんで、各地の観音霊場を結ぶ三十三所観音巡礼が成立したの

巡礼札（石山寺蔵）

は、平安時代後期のことであった。最初に三十三所巡礼を記したのは三井寺（園城寺）の僧行尊《ぎょうそん》と覚忠《かくちゅう》である。

とくに覚忠は応保元年（一一六一）に七十五日の日数をかけて、三十三所の観音霊場を巡礼している。このときの巡礼コースは、現在の西国三十三所観音巡礼とは異なるが、観音霊場は寺院の呼び方に少し異同はあるものの、現行と同一である。三井寺覚忠によって実質上西国三十三所観音巡礼が確立されたといえよう。

西国観音巡礼は、室町時代に入ってより大衆化し盛行をみたのである。その大衆化を示す最古の巡礼札（納札）が、石山寺に保存されている。巡礼札は巡礼の年月日・目的・生国・氏名などを記して観音霊場に奉納するものであった。石山寺には七枚あるが、最古は室町時代の永正三年（一五〇六）に、武蔵国（現東京都・埼玉県）の住人が納めている。

ところで、近江の西国三十三所観音霊場は第十二番正法寺（岩間《いわま》寺）、第十三番石山寺、第十四番三井寺、第三十番竹生島宝厳《ほうごん》寺、第三十一番長命寺、第三十二番観音正寺の六霊場で、西国巡礼の中で京都府に次いで多い。

それはともかく、石山寺はすでに記したように本尊如意輪観音の霊験と京都に近いという利点、風光明媚《めいび》、さらにその知名度の高さなどが重なり、石山寺参詣が盛行した。その背景には、観音霊験を広めるために製作された石山寺縁起絵があった。縁起絵は観音経にちなんで三十三段から構成された絵巻物である。どの段にも霊験ある霊場であることが強調されている。そのうえ平安時代を代表する女流作家紫式部、『蜻蛉日記』の藤原道綱《みちつな》の母、『更級《さらしな》日記』の菅原孝標《すがわらたかすえ》の娘などの霊験記を絵と詞《ことば》で示し、縁起絵をよりいっそう興味深いものにしていることもみのがせない。

（木村　至宏）

古代国家の防衛線・逢坂関と「近江」

大津の市街地の西、長等の山並みの一角に逢坂山がある。ここを詠った歌は実に多い。『万葉集』の巻十三や巻十五に、「相坂を　うち出でて見れば　淡海の海　白木綿花《しらゆふはな》に　波立ち渡る（一三―三二三八）」「吾妹子《わぎもこ》に　逢坂山を越えて来て　泣きつつ居《を》れど　逢ふよしも無し（一五―三七六二）」とあるように、別れた人（夫や妻、恋人など）にまた逢いたいという熱き思いを詠ったものが中心となっている。

逢坂山関址碑

山城と近江の国境に位置する逢坂山は相坂・合坂・会坂とも書かれ、『日本書紀』神功皇后摂政元年に、武内宿禰《たけのうちのすくね》が仲哀《ちゅうあい》天皇の皇子忍熊《おしくま》王の反乱鎮圧のために出陣し、武内宿禰と忍熊王の両軍が出会った地であることから、逢坂と名付けられたという地名由来が載るが、本来は二つの坂が出会う場所、すなわち峠の語義と考えられている。軍事・交通の要衝として早くから歴史の舞台に登場し、『日本書紀』大化二年正月条に見える、いわゆる「改新詔《かいしんのみことのり》」にも、「畿内」の四至を定める記述の中に、「……北は近江の狭狭浪《ささなみ》の合坂山より以来を、畿内国とする」とあるように、逢坂山は畿内の北限として重要な位置にあった。

そして、都が平城京から長岡京をへて、平安京へ遷ると、逢坂山の地位はより重要なものになっていった。逢坂関（延暦十四年（七九五）に、初めて「相坂剗《おうさかのせん》」の名が登場、逢坂関の前身施設と推定）の設置もうなずける。いま、京都方面から国道一号沿いに細長く広がる大津市大谷町の家並みが途切れたところ（東のはずれ）に「逢坂山関址」碑が建つが、近世になって繰り返し道が掘り下げられたため、関の正確な位置はわかっていない。『更級《さらしな》日記』（十一世紀中頃成立）などの書物に書かれた内容や『石山寺縁起』巻三（鎌倉時代末頃成立）に描かれた絵画（逢坂関と隣接する関

「小関越」碑（大津市小関町）

寺総門を描く）から、関寺（現在の逢坂二丁目にある長安寺付近と推定）に近い場所にあったとする説が有力となっている。

実は、この逢坂山を越える道は二つあった。一つは、逢坂山の南麓の鞍部を通る、いまの国道一号にほぼ沿うとみられる逢坂越（大関越《おおぜきごえ》ともいう）、もう一つは、逢坂山の北側、いまの大津市横木町から藤尾奥町をへて、園城寺南側の小関町へ出る「小関越《こぜきごえ》」である。大津京以前や、奈良に都が置かれていた頃は、奈良から山科をへて大津に入り、琵琶湖西岸を北上する北陸道は「小関越」を通っていたと考えられている。当初は「小関越」が本道であったらしい。「小関越」は、いまも手軽なハイキングコースとして親しまれており、かつては芭蕉も京都から大津へ向かう時、この道を通り、「山路きて　何やらゆかし　すみれ草」の句を詠んだことはよく知られている。

いずれにしても、都が平安京に遷ると、都への東の入口として逢坂山はより重要性を増し、行き来する旅人も多く、いろんな思いを胸にこの山を越え、東国や北陸へと旅立っていったことだろう。その思いが「逢坂山」を詠み込んだ歌となって表れたといえる。「逢坂山」は、都を護る軍事上重要な地点であるとともに、遠くへ旅する人たちの〝別れ〟と〝出逢い

（再会）〟の場所だったのである。

大津京遷都の背景

京都から「小関越」を通り、大津市小関町に入ると、すぐ北側に園城寺（三井寺）の伽藍が広がっている。この園城寺の前を通り、真っすぐ北へ延びる道路（主要地方道伊《い》香立《かだち》・浜大津線）を北上すると、まもなくＪＲ湖西線の高架をくぐり、大津市錦織《にしこおり》の集落に入る。ここは、昭和四十九年（一九七四）暮れに、大津宮に関連する大規模な掘立柱建物跡が見つかって以降、次々と同じような大規模な建物跡が確認され、大津宮中枢部の建物が立地する場所として、昭和五十四年に国史跡（近江大津宮錦織遺跡）に指定された。ここで、天智天皇をはじめ、大友皇子、大海人皇子《おおあまのみこ》（天武天皇）、鸕野讃良皇女《うののさららのひめみこ》（持統天皇）、額田王、十市《とおち》皇女……、当時の歴史の表舞台を彩った人々が華やかな宮廷生活をおくっていた。

〝大津京〟、この名称は『日本書紀』には登場しない。後世に作られた呼び方である。大津宮に平城京や平安京のような整然とした条坊区画が備わっていたかどうか、学問的に証明されたわけではなく、いまは否定的にみる見解が圧倒的に多い。だが、一般には、〝大津京〟という言葉がよく使われ、いまや親しみを感ずるまでになってきているので、ここでも、〝大津京〟という名称を使うことにする。

前置きが長くなったが、この大津京、「ある日突然に」という表現がピッタリなように、『日本書紀』に突如登場する。中大兄皇子が半ば強引に進めた遷都だったようだ。『日本書紀』に「当時、百姓は遷都に反対し、これを諷刺する者が多かった。童謡もうたわれ、毎日毎夜、火災がおこった。」とあるように、人心は大いに動揺していた。だが、そのようなリスクを負ってでも大津への遷都を強行した。その理由はいまとなっては証明のしようがないが、一般的には、当時の朝鮮半島を取り巻く国際情勢の緊張をあげる研究者が多い。北九州に水城《みずき》を築き、北九州から瀬戸内海沿岸、さらに近畿まで防御のための山城を築くなど、唐・新羅《しらぎ》の侵攻に備えた一連の動きの中で、大津京遷都をとらえようというのである。確かに、遷都の理由の一つとして、当時の国際情勢の大きな変化をあげることについて、それを否定するものではないが、しかしそれがすべてではなかった。もう一つの大きな理由として、天智天皇の後継者問題があったと考えている。大海人皇子から大友皇子への後継者の変更が、この遷都を引き起こしたの

崇福寺跡

である。天智天皇が自分の子・大友に安心して政権を譲ることができる地として、自らが最も信頼を置く氏族の一人、大友氏の本拠地である旧滋賀郡の地を、その場所として選んだのではないか。

天智天皇は、近江の大津の地に都を遷し、政治情勢が安定した段階で大友皇子に政権を譲るとともに、湖東の蒲生野の地（『日本書紀』には「蒲生郡匱迮野《ひさのの》」の地名が載る）に新しい都を造ろうとした……だが、それは、余りにも早く訪れた〝死〟により、すべてが夢と消えてしまったのである。

天智天皇、崇福寺を建立

平安時代末頃の成立になる『扶桑略記《ふそうりゃっき》』の天智天皇七年（六六八）正月十七日条に、「近江国志賀郡に於いて、崇福寺《すうふくじ》を建つ。始めに地を平らしむるに、奇異なる宝鐸《ほうたく》一口を掘り出す。高さ五尺五寸。又……」という記述が載る。天智天皇が遷都の翌年に崇福寺を建立した経緯を記載した有名なくだりである。いま大津市滋賀里西方の山中に、この崇福寺にあたる寺院跡が残る。

この寺院跡は、大津京解明の一環として、昭和三年（一九二八）と同十

崇福寺塔心礎から出土した舎利容器（近江神宮蔵）

三年～十五年の二度にわたり発掘調査が実施され、三つの尾根（南・中・北）に分散して、金堂・講堂・経蔵（南尾根）、小金堂・塔（中尾根）、弥勒堂（北尾根）と推定されている建物群が見つかった（昭和十六年に国史跡に指定）。さらに、塔跡の心礎《しんそ》側面に穿たれた小孔から舎利《しゃり》容器を中心とする納置品《のうちひん》（近江神宮所蔵）が出土し、昭和二十七年に国宝に指定され、現在京都国立博物館で保管されている。なお、この建物群については、現在、南尾根の建物群の主軸方位が中・北尾根の建物群のそれと異なること、南尾根では白鳳時代の遺物がほとんど出土せず、平安時代のものが大半を占めることなどから、南尾根の建物群を、桓武《かんむ》天皇が延暦五年（七八六）、曽祖父天智天皇追慕のために建立した梵釈寺《ぼんじゃくじ》とする説が有力となっている。

崇福寺は大津京が廃都になったのちも、朝廷の崇敬が厚く、桓武天皇が建立された梵釈寺とともに、天皇、皇族をはじめ、多くの人々が訪れている。『万葉集』にも、穂積《ほづみ》皇子（父・天武天皇、母・蘇我赤兄《そがのあかえ》の娘）が持統天皇の命を受けて、志賀の山寺（崇福寺）に遣わされた時、但馬皇女（父・天武天皇、母・藤原鎌足の娘）が出発に際して贈った「後れ居て　恋ひつつあらずは　追ひ及かむ　道の隈廻に　標結へわが背（二―一一五）」

志賀越山中の石仏

さらに、志賀への行幸（養老元年（七一七）に行なわれた元正天皇の美濃への行幸か）の際に、石上卿《いそのかみのまへつきみ》が作った「ここにして　家やも何処　白雲の　たなびく山を　越えて来にけり（三―二八七）」など、志賀の地を詠んだ歌が載る。

平安時代に入ると、都が京都に遷ったことから、崇福寺の南を通って、京都と大津を最短距離で結ぶ「志賀越」がよく利用されるようになり、多くの貴人たちが行き来していた。嵯峨天皇も唐崎への行幸時（弘仁六年・八一五）に、この道を利用している。その途中、崇福寺と梵釈寺に立ち寄り、漢詩を作ったり、大僧都・永忠から茶の接待を受けるなどして、ゆったりとしたひとときを過ごした後、山を降り、唐崎に赴いて舟遊びを楽しんだとある。梵釈寺で、嵯峨天皇をはじめ、皇太弟《こうたいてい》（のちの淳和《じゅんな》天皇）や藤原冬嗣《ふゆつぐ》が作った漢詩が『文《ぶん》華秀麗集《かしゅうれいしゅう》』（八一八年頃成立）に収められている。

また、『古今《こきん》和歌集』の撰者の一人で、『土佐日記』の作者として有名な紀貫之《きのつらゆき》（八六八？～九四五？）も、志賀越を通って大津に向かう途中で、「梓弓　春の山辺を　こえくれば　道もさりあへず　花ぞちりける」「むすぶ手の　滴ににごる　山の井の　あかでも人に　わかれぬる哉」と、見知らぬ人との出会いと別れを歌に詠んでいる。

だが、崇福寺・梵釈寺とも、その位置が災いしたのだろう、平安時代後半頃から激化した山門（延暦寺）と寺門（園城寺）の抗争にたびたびまきこまれたらしく、徐々に寺勢も衰え、ついに廃寺（鎌倉時代の終わり頃か）となり、人々の脳裏から忘れ去られていった。

大津京の栄華と女性たち

これまで行なわれてきた発掘調査では、残念ながら、大津宮がどの程度の規模をもち、どのような建物が建ち並んでいたのか、といったことについて、明確な答えが出ているわけではない。完成していたのか、いまだに建設途上であったのかについても分かっていない。だが、天智六年（六六七）三月に大津への遷都が行なわれ、翌年正月に内裏で群臣たちを集め宴を催した記述が載ることから、政治を行なう最低限度の施設はそろっていたようである。そこでは、天智天皇をはじめ、大友皇子、大海人皇子（のちの天武天皇）、高市《たけち》皇子、大津皇子、藤原鎌足など、皇族や重臣たちとともに、倭姫王《やまとひめのおおきみ》（天智天皇の皇后）、鸕野讃良皇女（のちの持統天皇）、太田皇女（大津皇子の母）、額田王、十市皇女（大海人皇子の娘、母は額田王で、大友皇子の妃）といった女性たちも、華やかな後宮生活をおくっていたことだろう。その様子を具体的に伝える史料はないが、『万葉集』には、天智天皇をめぐる額田王と鏡王女の歌や、天皇が死を迎えた時の皇后・倭姫王の歌など、大津京に深く関わった女性たちの歌が載る。

　額田王は、はじめ大海人皇子に嫁ぎ、十市皇女を生んだが、のち天智天皇の後宮に入ったといわれており（正式な記述はない）、天智七年（六六八）五月に行なわれた蒲生野の猟りで、大海人皇子との間にかわされた相《そう》聞歌《もんか》はあまりにも有名である。一方、鏡王女については、その出自がはっきりせず、額田王の姉とも、天智天皇の異母妹ともいい、もとは天智天皇の後宮に入っていたが、のち藤原鎌足の妻になった女性だといわれている。このようなことを考えながら、額田王の「君待つと　わが恋ひをれば　わが屋戸の　すだれ動かし　秋の風吹く（四—四八八）」や鏡王女の「風をだに　恋ふるは羨《とも》し　風をだに　来むとし待たば　何か嘆かむ（四—四八九）」の歌を見ると、そこに詠み込まれた二人の女性の微妙な心の動きが見事に表現されており、当時の女性がもつ宿命というのか、哀しい性《さが》のようなものが感じ取れる。宮での華やかな生活の蔭には、多くの女性たちの悲しみ

船岡山万葉レリーフ蘇我野狩猟のようす

が隠されているのである。

そして、もう一人、ほとんど歴史の表舞台に登場することがなかった天智天皇の皇后・倭姫王、彼女もどのような気持ちで夫に従い大津宮に赴き、宮での生活を送っていたのだろうか。『万葉集』巻二に、「天の原　振り放《さ》け見れば　大君の　御寿《みいのち》は長く　天足《あまた》らしたり（二―一四七）」「青旗《あをはた》の　木幡《こはた》の上を　かよふとは　目には見れども　直《ただ》に逢はぬかも（二―一四八）」「人はよし　思ひ止むとも　玉鬘《たまかづら》　影に見えつつ　忘らえぬかも（二―一四九）」の三つの歌が続けて載る。

作者はいずれも倭姫王で、天智天皇が大津宮で重い病に罹り、崩御した時に作った歌なのだが、いずれも型にはまった内容で、そこに夫を亡くした悲しみが感じ取れないのは私だけだろうか。天智天皇の皇后になるまでの倭姫王の生い立ちを見れば、〝さもあらん〟と思えるのである。

倭姫王の父は、舒明《じょめい》天皇と法提郎女《ほおてのいらつめ》の間に生まれた古人大兄《ふるひとのおおえ》皇子で、天智天皇や天武天皇の異母兄にあたる。母は不詳だが、祖母の法提郎女が蘇我馬子の娘にあたり、蘇我氏との血の繋がりが濃い皇族である。このような出自から、蘇我本宗家としては古人大兄皇子をぜひとも皇極《こうぎょく》天皇の次期の天皇にと考えていた。だから、中大兄皇子にとって、その後ろ楯となっていた蘇我本宗家を倒した（大化改新・六四五年六月）後も、古人大兄皇子が大きな脅威であることには変わりなかった。中大兄皇子が自らを中心とする強力な政権を確立していく中で、当然排除しなければならない存在だったのである。中大兄皇子の行動はすばやく、蘇我蝦夷《えみし》・入鹿《いるか》殺害のわずか三カ月後の九月には、謀反を企てたとして、古人大兄皇子を吉野（蘇我本宗家滅亡後、身の危険を感じ、当地に隠棲）に攻め、これを滅ぼしている。この時、皇子とともに子供たちも殺され、妃たちも自害したと伝えている。だが、どのような理由からなのかわからないが、倭姫王（彼女がいつ生まれたのかは不明）は死をまぬがれ、その後、何という運命のいたずらなのだろうか、こともあろうに、祖母の実家を滅ぼし、さらには、父までも殺害した中大兄皇子の妻となったのである。実際に、彼女が中大兄皇子に嫁いだのが、父の死の前であったのか後なのか分からないが、どちらにしても残酷な話である。その時の彼女の心の内はいかばかりであったか、その前後の事情については何の記録も残っていないが、さぞ自らの運命を呪ったことだろう。

　倭姫王にとって、まったく未知の近江大津での生活は、忌まわしい過去を引きずりながらも、辛い記憶しかない飛鳥の地を離れられたことがわずかな救いだったかも知れない。初めて目にする雄大は琵琶湖の眺めは、はたして彼女の深く傷ついた心をいくばくかでも慰めることができたのだろうか。

なお、大津市滋賀里三丁目にある赤塚古墳（五世紀代、前方後円墳の可能性が指摘）を倭姫王の墓だとする伝承が地元に残されているが、それを知る人はほとんどいない。

大津京の終焉

突然の遷都という感じが強い大津京は、その終焉も実に劇的な幕切れであった。遷都からわずか四年半余り後の六七一年九月、天皇は突如重い病に罹り、三カ月余りたった十二月にあっけなく崩御する。下地は自らの後継者を大海人皇子から大友皇子に変更した段階からあったのだが、天皇の崩御がきっかけとなって、一気に後継者問題が表面化し、壬申の乱（六七二年六月～七月）へと突き進んでいく。

結果は、近江朝廷側の大友皇子が敗れ、勝者・大海人皇子は戦後処理を終えると、すぐさま飛鳥に戻り（同年九月十二日）、その冬に新しい飛鳥《あすか》浄御原宮《きよみがはらのみや》を造営し、翌年二月、完成した宮で即位、天武天皇となった。大津京はわずか五年余りで廃都となってしまったのである。『懐風藻《かいふうそう》』（七五一年成立）の序文に、大津宮が炎上したような記述が載るが、発掘調査では焼失した痕跡はまったく確認されていない。それどころか、建物には柱が抜き取られたと見られる跡があり、短期間のうちに、宮の主だった建物は解体されてしまったらしい。他の遷都時でも見られるように、いずれかの施設を建設する際に再利用されたのだろうか。

　廃都から二十年余り経った後、当地を訪れた柿本人麻呂（生没年不詳）が詠んだ、「玉襷《たまたすき》　畝火《うねび》の山の　橿原《かしはら》の　日知《ひじり》の御代ゆ　生《あ》れましし　神のことごと　樛《つが》の木の　いやつぎつぎに　天《あめ》の下　知らしめししを　天にみつ　大和を置きて　あをによし　奈良山を越え　いかさまに　思ほしめせか　天離《あまざか》る　夷《ひな》にはあれど　石走《いはばし》る　淡海《あふみ》の国の　楽浪《ささなみ》の　大津の宮に天の下　知らしめしけむ　天皇《すめろき》の　神の尊《みこと》の　大宮は　此処《ここ》と聞けども大殿《おほとの》は　此処と言へども　春草の　繁《しげ》く生ひたる　霞立ち　春日の霧《き》れるももしきの　大宮処《おおみやどころ》　見れば悲しも（一―二九）」「ささなみの　志賀の辛《から》崎《さき》　幸くあれど　大宮人《おほみやびと》の　船待ちかねつ（一―三〇）」「ささなみの　志賀の大わだ　淀《よど》むとも　昔の人に　またも逢はめやも（一―三一）」の歌は、

大津市役所前に建つ柿本人麻呂の歌碑

廃都後の大津京の様子を知る資料としてよく引用されている。

柿本人麻呂がいつ大津の廃都を通りかかったのかは、『万葉集』に具体的な年代が記載されていないため分からないが、この歌が持統天皇の箇所に収められていることから、持統朝の初期の頃ではないかと言われている。人麻呂が実際に大津京を訪れていたかどうかは不明だが、持統朝～文武《もんむ》朝に活躍した宮廷歌人だったことから、その位置が近江のどのあたりにあったかという程度のことは知っていたとしても不思議ではない。その彼が、大津京を訪れて見ると、その痕跡がまったくない荒野になっていたという。大きな驚きとともに、権力のはかなさといったものも感じ取っていたのかもしれない。その後、大津京は完全に人々の記憶から忘れ去られ、千三百年余りののち、発掘調査で発見されるまで、永い眠りにつくことになる。

大津京発掘調査から

廃都後、千三百年余りの永い眠りについていた大津京が発見されたのは、ほんとうに偶然の出来事からであった。昭和四十年代、大津京はいまだにその所在地すらわからない、まさに〝幻の都〟であった。したがって、その所

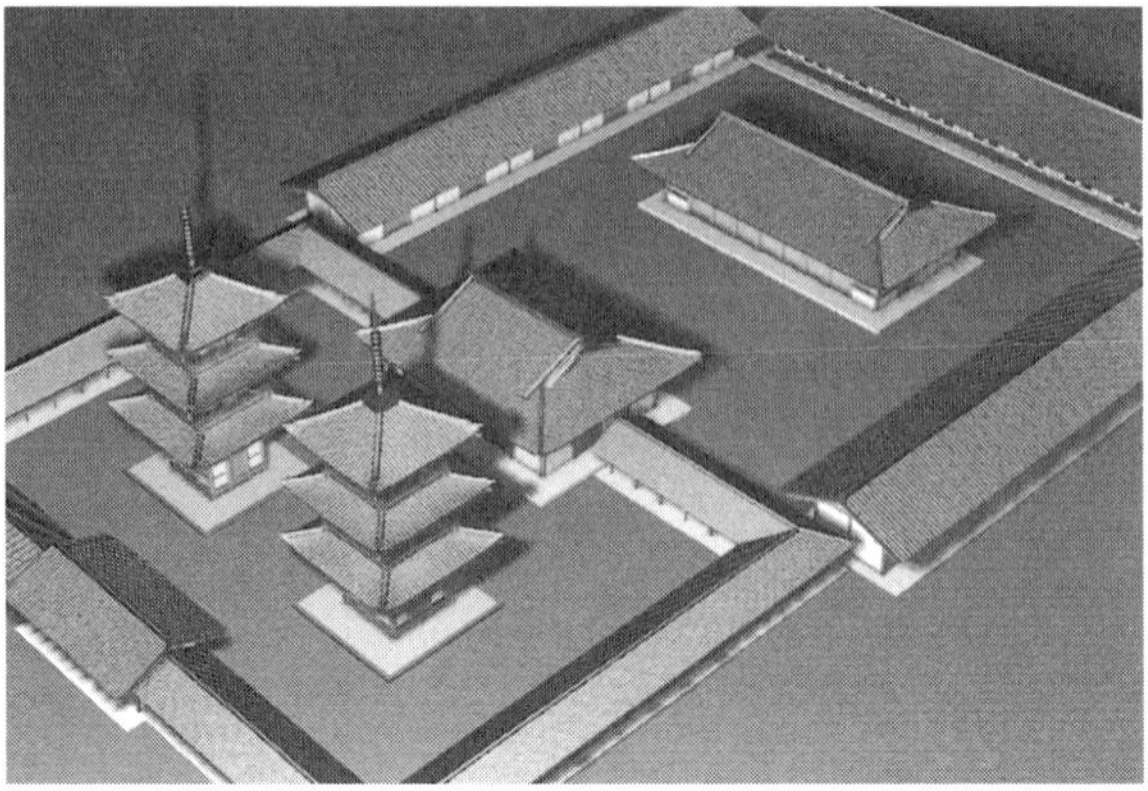
南滋賀廃寺伽藍復元図（大上直樹製作　大津市歴史博物館提供）

在地を明らかにする計画的な発掘調査はもちろん行われていたわけではなく、主に歴史地理学の分野を中心に、所在地論争が繰り広げられていた。
そのような時、大津京の推定地の一つ、大津市錦織の一角で住宅の建替え工事が行われようとしていた。たまたま、その場を通りかかった滋賀県教育委員会文化財保護課の技師がそれを見つけ、所有者の了解をえて、発掘調査したのがその始まりであった。その地点は、まさに明治三十年（一八九七）、時の大津町長が建立した「志賀皇宮址」碑のすぐ南側にあたっており、そこには、何か目に見えない糸で繋がれた不思議な縁のようなものを感じる。この時の発掘調査で見つかった大規模な掘立柱建物跡は、現在では内裏南門とそれに取り付く回廊として位置付けられている。
実のところ、大津京の探求を目的とする発掘調査は、これが初めてではなかった。すでに知られているように、最初は、戦前に実施された崇福寺跡と南滋賀町廃寺（現在では南滋賀廃寺と呼ぶ場合が多い）の発掘調査だが、これは大津京を直接探索するというものではなく、あくまで大津京に関連した寺院跡の調査であった。その後、長らく発掘調査は行われなかったが、昭和四十年代後半に、琵琶湖西岸を南北に走る国鉄（現ＪＲ）湖西線の建設が持ち上がり、事前に発掘調査が行われることになった（昭和四

整備が進む大津京跡

十六・四十七年)。路線は、ちょうど西(山側)から東(湖側)へと緩やかに傾斜する平地部の先端付近を南北に貫くもので、錦織から穴太にかけてのいずれかの地点で、大津京に関連する何らかの遺構の検出が期待されたのだが、残念ながら、それに直接関わる遺構は見つからなかった。

だが、湖西線西大津駅付近や穴太地区から大津京時代の遺構や遺物が発見されている。なかでも西大津駅付近では、南北方向に走る大溝から音義《おんぎ》木簡《もっかん》(文字の語義や読み方を記したもの)が出土しており、付近に大津京があった可能性を示唆する遺構・遺物として注目された。

それからわずか二年余りののち、錦織地区の一角から、先に述べた大規模な掘立柱建物跡が見つかったのである。その後の発掘調査は決して順調に進んだとはいえなかったが、最初の発見から四半世紀が過ぎたいま、ようやく大津宮中枢部の建物配置が復元できるようになってきた。だが、まだ解決しなければならない問題は山積みで、例えば、宮の外周施設や規模、京域といえるものが存在するのか否か(藤原京や平城京の如き京域の設定は不可能)、周辺部に関連施設が立地するのか……等々、いずれも早急に結論を出すことは困難なものばかりだが、今後は長期展望にたった調査体制を確立することが急務だといえるだろう。

南滋賀廃寺出土瓦（大津市歴史博物館提供）

大津京の姿と所在地

大津京の所在地については、これまで穴太説・滋賀里説・南滋賀説・錦織説・粟津説……等々、諸説が出されていたが、これまでの発掘調査の結果、大津市錦織地区から集中して見つかっている建物群が、宮の中枢部にあたることはほぼ間違いないといわれている。その建物配置については、早くから指摘されていたことだが、大阪の上町台地一帯に造営された前期難波宮のそれに類似するといわれている。だが、宮の規模については、外周施設が確認されていないため明らかになっていない。

錦織地区では、最初の発見から現在までに百箇所を超える発掘調査が実施され、およそ遺構の立地可能な範囲が浮かび上がってきている。それによると、北は柳川、南は長蓮寺付近、西は皇子山の裾部近く、東は京阪電車石坂線を越えたあたりまでの範囲が推定されており、最大に見積もって東西五百メートル×南北六百メートル程度といわれている。だが、この範囲内に、大津宮を前後する時期にあたる前期難波宮や藤原宮クラスの宮全体を納めることは不可能なことから、周辺地域に分散して施設を配置しているのではないかとする考え方があり、これを東西・南北方向の道路で結んだ、いわゆる「点と線の都」の如き状況を呈していたとする説がある。

たしかに、近年の発掘調査で、南志賀から「……馬曰佐俵二」の文字が読める木簡が出土したり（南滋賀遺跡）、浜大津からは大津城跡の調査で湖辺の祭祀跡と見られる遺構が見つかり、そこから土馬《どば》が出土するなど、大津京に関わりがあるのではないかと推測される遺構や遺物が、少しずつではあるが報告されてきている。おそらく、周辺地域には、役所、役人の宅地、港湾施設、さらに官道……等々、各種施設が展開していると考えてよく、同時代の遺構・遺物をすべて大津京に関連づけて考えることは危険だが、徐々に周辺部の状況も明らかになってくることだろう。

このように考えていくと、大津京という都は、通常の「都」の概念とはまったく違った姿をしていたのではないかと思えてくる。そこには、地形のハンデがあるにもかかわらず、大津への遷都を何が何でも強行しようとした天智天皇の執念のようなものを感ずる。その後、『日本書紀』天智天皇九年（六七〇）二月条に「……時に、天皇、蒲生郡の匱迮野に幸して、宮地を観《みそな》はす。……」とあるように、最終的には、湖東の広々とした蒲生野に新たな都を造営する計画をもっていたようである。大津京は、あくまでも自分の子・大友皇子に皇位を継承させるために造った「仮の都」だったといえる。

当地一帯には、大友皇子の養育係であったと考えられている大友氏を初めとする渡来系氏族が数多く集住しており、早くから華やかな大陸風の文化が華開いていたと思われる。このような地に造営された大津京も、これまでとは大きく異なった大陸風の華やかな都だったかもしれない。

万葉集ゆかりの地を行く

最古の歌集『万葉集』には仁徳朝（四世紀代）から天平宝字三年（七五九）までの歌四千五百首余りが載る。そこには、大和・摂津を初めとする畿内及びその周辺地域を中心に、数多くの地名が詠み込まれている。近江に関わる地名も多く、大和・摂津に次いで百首余りに登場する。そのなかでも天智・天武・持統朝期の大津京に関わる歌が中心をなしているのは、思えば当然のことかもしれない。それほど、『万葉集』が成立した奈良時代にあっても、近江にあった大津京の存在は大きかったのだろう。従って、地名も大津京があった湖西南部の旧滋賀郡を中心とする地域が多く詠み込ま

園城寺境内図（園城寺所蔵　大津市立歴史博物館提供）

れており、「志賀」「大津」「唐崎」や「逢坂・逢坂山」がよく登場する。やはり、短命に終わった大津京ゆかりの地であったことと、逢坂山を越えて初めて目にする琵琶湖の強烈な印象が多くの歌を残した要因なのだろうか。

「逢坂越」や「小関越」を通って逢坂山を越えると、いまの浜大津や園城寺の南・長等《ながら》の地に至る。ちょうど大津宮中枢部の建物群があった錦織地区の南側にあたり、江戸時代の大津の中心であった地域である。『万葉集』の柿本人麻呂や穂積朝臣《ほづみのあそみ》老《おゆ》などの歌に登場する「大津」・「志賀の大津」は、このあたり一帯と考えられ、別の歌に詠まれている「志賀津（志賀浦）」と同一の場所なのかを判断する資料は持ち合わせていないが、いずれにしても、〝津〟の字から、湖岸には港湾施設が造られていたのだろう。

「小関越」で大津に入ると、すぐ北側に園城寺の広大な境内地が広がる。この寺は、現在、天台寺門宗総本山として隆盛を誇っているが、その創建は古く、境内出土の瓦類から、白鳳時代まで遡るといわれている。境内には天智・天武・持統の三帝の御産湯に使ったと伝える霊泉（閼伽井屋《あかいや》）など、天智天皇や大友皇子との繋がりを示す伝承を持った建物や寺宝が伝存しており、大津京と深く関わった寺院だといえる。この寺の前を南北に走る道路を北上すると、まもなく大津宮中枢部の建物群が見つかった錦織の

弘文天皇陵

地に達する。その途中の山手側（大津市役所の裏手）に弘文天皇陵（「長等《ながら》山前陵《やまさきりょう》」）がある。この御陵は、明治十年（一八七七）、明治天皇の命により正式に決定されたもので、それより前、明治三年には大友皇子に「弘文天皇」の名を諡《おく》っている。

錦織地区では、大津宮に関連した大型の掘立柱建物跡が見つかった地点を順次公有化しており、建物位置を明示するなどの復元整備を行なっている。この錦織から柳川を隔てた北側に近江神宮が鎮座する。同神宮は、天智天皇と大友皇子を祀るために、昭和十五年（一九四〇）、大津京ゆかりの当地に造営されたもので、境内には天智天皇が作った漏剋《ろうこく》（漏刻とも。水時計）をはじめとする古代の時計の模型を野外展示するとともに、各種時計資料を展示した時計博物館もあり、ぜひ一度見学されるとよいだろう。

近江神宮を過ぎると、間もなく南志賀、さらに滋賀里の集落に入る。この二つの集落にも大津京に深く関わる寺院跡（南滋賀町廃寺と崇福寺跡）があり、いずれも建物跡が保存されており、現地で見ることができる。さらに、滋賀里の北に位置する穴太《あのう》（ここにも大津京に深く関係したといわれている穴太廃寺がある）の東側、湖岸一帯に広がる下阪本の集落のいっかくに、近江八景の一つ「唐崎夜雨」でよく知られた唐崎が位置している。

唐崎の松

唐崎は、古代には「辛崎」「韓崎」「可楽崎」などとも記されており、現在は唐崎神社が鎮座し、境内に「唐崎の松」（現在は三代目という）が植えられている。古代から風光明媚な地として知られており、天皇や皇族、貴族たちの舟遊びの場所としてたびたび登場し、大津京時代から、船着場や休息用の建物などがあったと思われるが、その地は特定されていない。当時の湖岸線がどの地点にあったのか、復元はかなり困難だが、おそらく現在よりも内側に入り込んでいたと推定され、『日本書紀』の中で大津京のことを記述した箇所に載る「濱臺《はまのうてな》」と呼ぶ楼閣状を呈するような建物が当地にも在ったかもしれない。

大津京があった当時と現在とでは、自然の景観が大きく変化しており、その当時の風景を想像することはなかなか難しいが、錦織の高台の地に大津宮の中心をなす建物群が建ち並び、周辺に配置された貴族や役人の邸宅、各種の役所、寺院などを繋ぐ東西・南北の真っすぐな道が平地を貫いており、湖畔には楼閣状の建物がたち、湖面には舟遊びの船が浮かぶ……といった情景が広がっていたのだろうか。

（松浦　俊和）

みちしるべ

◆オランダ堰堤

草津川の上流にある砂防ダムで、オランダ人技師のデ・レーケの指導により、近代土木技術を導入して明治11年（１８７８）に完成した。設計者の出身国から「オランダ堰堤」の名がつけられた。現在は、ハイキングコースとして、多くの人々が訪れる。

ＪＲ草津駅からバス上桐生下車、徒歩10分

☎０７７―５３４―０７０６
（石山駅前観光案内所）

◆富川磨崖仏

このあたりは岩屋山明王寺跡と伝えられ、高さ20ｍの岩壁に刻まれた阿弥陀如来の耳のあたりから鉱水が湧き流れているところから、俗に「耳だれ不動」と呼ばれ、耳の病に霊験があるといわれている。

ＪＲ石山駅からＪＲバス矢筈石倉下車、徒歩10分

☎０７７―５３４―０７０６
（石山駅前観光案内所）

◆建部大社

近江国一の宮といわれ、祭神は日本武尊と大己貴命。草創は白鳳４年（６７５）瀬田の地に遷座された。平治の乱に敗れた源頼朝が伊豆に流される途中、再起を祈願、再興したことから出世開運の神として知られている。

ＪＲ石山駅からバス建部大社前下車、徒歩３分

☎０７７―５４５―００３８

◆幻住庵

「奥の細道」の旅の翌年、元禄3年（１６９０）4月から7月まで芭蕉が暮らした庵で国分山山腹にある。「石山の奥、岩間のうしろに山あり、国分山といふ…。」で始まる「幻住庵記」はここで生まれた。現在の幻住庵と周辺は平成3年に再建整備されたもの。

京阪石山寺駅下車、徒歩30分

☎０７７―５３３―３７０１

◆石山寺

西国三十三カ所観音霊場の第13番札所。奈良時代後期に、聖武天皇の勅願により、良弁によって開かれた。広大な境内には、寺名の由来となった天然記念物の硅灰石がそびえている。国宝の本堂・多宝塔を始め漢書、仏像、絵巻など多くの国宝、重要文化財がある。

京阪石山寺駅下車、徒歩10分

☎０７７―５３７―００１３

◆瀬田川洗堰（南郷洗堰）

琵琶湖から流れ出る唯一の川、瀬田川に湖の水位調節と下流の宇治・淀川流域の洪水防止に建設された堰で、明治38年（１９０５）に完成した。現在の洗堰は昭和36年（１９６１）にできた2代目。

ＪＲ石山駅からバス南郷洗堰下車、徒歩1分

☎０７７―５４６―０８４４
（琵琶湖工事事務所）

◆立木観音（安養寺）

弘法大師が厄年のおり、1本の立木で等身大の観音像を刻み、お堂を建てたのが始まりといわれ、古くから厄よけ観音として親しまれている。６７０段もの長く急な石段を登ると境内があり、毎月17日には月詣りの参詣者で賑わっている。

ＪＲ石山駅からバス立木観音前下車すぐ

☎０７７―５３７―０００８

◆太神山不動寺

太神山頂にある天台寺門宗の寺。円珍が不動明王を彫り、岩窟に安置して寺を建立したと伝えられている。毎年９月22～28日まで本尊の特別開帳がある。参道には迎不動、泣不動などの旧跡もあり、ハイキングコースとしても親しまれている。ＪＲ石山駅からバス湖南アルプス登山口下車、徒歩２時間

☎０７７―５２２―２２３８
（三井寺）

◆月心寺

歌川広重が東海道五十三次「大津」で描いた走井の井筒が現在の月心寺であるといわれる。名水として知られた走井の水は、多くの詩歌や文学作品に登場したが、後に日本画家・橋本関雪が自分の別邸にし、その後月心寺となった。
京阪大谷駅から徒歩５分
☎０７７―５２４―３４２１

◆逢坂山関址碑

京阪大谷駅の東約１００ｍ、国道1号沿いに「逢坂山関跡」の記念碑がある。逢坂越は、交通の要衝として、万葉集や古今集にも歌われている。実際に関所があったのは、記念碑から少し大津寄りで関寺の付近であったのではないかといわれている。
京阪大谷駅から徒歩５分
☎０７７―５２２―３８３０（大津駅観光案内所）

◆関蝉丸神社下社

百人一首で有名な蝉丸を歌舞音曲の神として祀る神社。拝殿横の六角形の時雨灯籠は鎌倉時代の作で重要文化財。境内入口には紀貫之の歌で有名な関清水の石碑がある。
ＪＲ大津駅から徒歩10分
☎０７７―５２２―６０８２

◆近江大津宮錦織遺跡

天智天皇が奈良の飛鳥から遷都した大津宮跡とされる国指定の史跡。昭和58年（１９８３）巨大な柱を埋め込むための柱穴や建物跡、門、柵、倉庫群等が発掘された。
京阪近江神宮前駅から徒歩２分
☎０７７―５２８―２６３８（大津市教育委員会）

◆皇子山古墳

1号墳は、4世紀後半に築かれた市内最古の古墳で、全長約60ｍの前方後方墳。当時の地域首長墓とみられている。2号墳とともに復元され、史跡公園として整備されている。
☎０７７―５２８―２６３８（大津市教育委員会）

◆近江神宮

皇紀２６００年を記念し、昭和15年（１９４０）に大津京ゆかりのこの地に創建された。広大な境内には朱塗りの楼門、本殿、祝詞殿などが建ち並ぶ。祭神の天智天皇は日本で初めて漏刻（水時計）を作らせたことでも知られ、境内には時計博物館が設けられている。
京阪近江神宮前駅から徒歩５分
☎０７７―５２２―３７２５

◆志賀の大仏

旧山中越（志賀越）の途中、崇福寺跡近くにある高さ約３ｍの石仏。室町時代の作で、峠の道中安全を守る道祖神として有名。京阪滋賀里駅から徒歩15分
☎０７７―５２２―３８３０（大津駅観光案内所）

◆崇福寺跡

崇福寺は天智天皇ゆかりの寺院で、大津京探求の手がかりとして発掘調査された。塔跡からは荘厳華麗な舎利容器（国宝）が出土した。
京阪滋賀里駅から徒歩20分
☎０７７―５２８―２６３８（大津市教育委員会）

◆園城寺（三井寺）

天台寺門宗の総本山。境内には天智・天武・持統の3帝の御産湯に用いられた閼伽井と呼ぶ井戸があり、「御井の寺」が通称の由来となった。国宝の金堂を始め、釈迦堂、三重塔、唐院など諸堂が建ち並び、国宝、重要文化財は１００余点を数える。
京阪三井寺駅から徒歩10分
☎０７７―５２２―２２３８

◆浮御堂（満月寺）

近江八景「堅田の落雁」で名高い浮御堂は、寺院名を海門山満月寺という。平安時代、恵心僧都が湖上安全を祈願して建立したという。現在の建物は昭和12年（１９３７）の再建によるものだが、昔の情緒をそのまま残している。境内の観音堂には、重要文化財である聖観音座像が安置されている。
ＪＲ堅田駅からバス出町下車、徒歩7分（土・日曜日はバス有）
☎０７７―５７２―０４５５

御代参街道

　五個荘町小幡から八日市、蒲生町、日野から土山に至る約九里（三六キロメートル）の道は、御代参街道と呼ばれ、東海道と中山道を結ぶバイパスの機能を持っていた。江戸時代には、京都仙洞御所の皇族が毎年、正月、五月、九月に伊勢神宮と多賀大社へ名代（御代参《ごだいさん》）を派遣する習慣があり、この道が利用されたことから、御代参街道と言われる。京都から伊勢に参詣し、その後土山宿から多賀大社に続く道である。江戸時代には庶民の間でも参宮が盛んになり、街道には伊勢や多賀への案内を示す常夜灯や道しるべが多く建ち、両社を結ぶ街道であった。

　一方、五個荘町小幡、八日市《やが》市今堀、日野町など中世以来の商人が発祥した地域を通るこの街道は商いの道でもある。小幡・今堀の商人は御代参街道や八日市から永源寺、伊勢に通じる八風街道を通って商隊を組んで、近江・伊勢の物流を図ったので「山越商人」と呼ばれた。

　中世には「市道」と呼ばれた後代参街道が、正式に整備されたのは十七世紀で、三代将軍徳川家光の時代に、家光の乳母として大奥を統率していた春日の局が上洛するにあたって道路や橋が整備された。

　さらに延宝六年（一六七八）の神奈川県藤沢市の清浄光遊行上人の通行を契機に、街道筋の鎌掛、石原、岡本、八日市が、常設の人馬継立を行う脇宿に指定され、近辺の村々に助郷の制度が適用された。

　東海道土山宿から笹尾峠に向かい、鎌掛・寺尻に入ってくると、近江万葉の道と同様の経路をとる。近江万葉の道の日野・蒲生・八日市のルートは御代参街道を踏襲しており、蒲生町岡本や八日市市内では多賀・伊勢への方向を示す道標が多い。鎌掛に入る手前の日野川にかかる橋には「御代参橋」の名が残る。

　信仰の道、商いの道の御代参街道は、また近江歴史回廊「近江商人の道」とも重なりあう。八日市市3今堀の日吉神社は、鎌倉中期以降の貴重な文書六五〇点を今に伝え、中世村落の実態や中世に活躍した山越商人の活動のようすが詳細に残る。

　八日市市栄町角に建つ文政九年（一八二六）建立の常夜灯は趣ある表情を見せ、火袋下に柱には「右京　むさ　はち万道　左いせ　ひの　みな口道　右多賀　えち川　ひこね道」の文字がはっきりと見える。

　聖徳太子建立の瓦屋寺を過ぎると五個荘に入り、奥村神社を通りすぎると間もなく中山道との分岐点に至る。ここ小幡もまた中世から商人が活躍したところである。

「近江万葉の道」探訪モデルコース

JR近江八幡駅 ⇒ 主要道48号 ⇒ 県道326号 ⇒ 主要道26号 ⇒ 国道477号 ⇒ **兵主神社** ⇒ 主要道32号 ⇒ 主要道２号 ⇒ 野洲町道 ⇒ **銅鐸博物館** ⇒ 国道８号（六枚橋まで北上） ⇒ 主要道14号（林で左折雪野山ふるさと街道を八日市へ） ⇒ **雪野山古墳** ⇒ 県道168号 ⇒ **船岡山** ⇒ 県道170号 ⇒ 主要道13号 ⇒ **布施の溜** ⇒ 県道524号 ⇒ 蒲生町道 ⇒ **石塔寺** ⇒ 県道524号 ⇒ 国道307号 ⇒ 県道525号 ⇒ **鬼室神社** ⇒ 県道525号 ⇒ 県道508号 ⇒ 国道307号（水口町を経て信楽町へ） ⇒ **紫香楽宮跡** ⇒ 信楽町黄瀬から主要道16号 ⇒ 主要道12号 ⇒ **金勝寺・狛坂磨崖仏**（栗東町または大津市多上桐生から登山） ⇒ 主要道16号 ⇒ 県道108号 ⇒ 国道422号 ⇒ **石山寺** ⇒ 国道422号 ⇒ 県道102号 ⇒ 主要道18号 ⇒ 大津市道 ⇒ **園城寺** ⇒ 主要道47号 ⇒ **大津京跡** 【全行程距離　約140km】

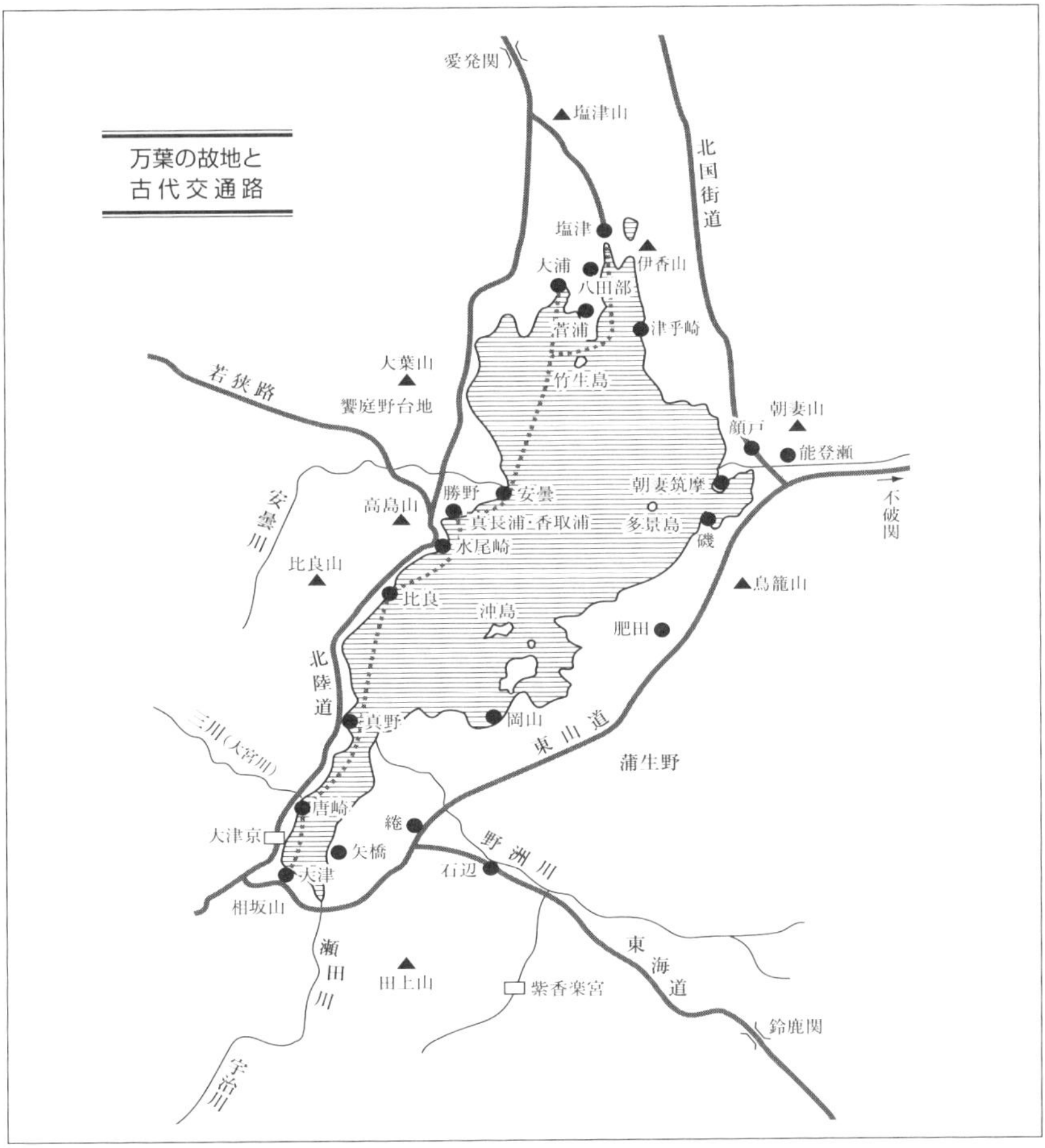

近江万葉の時代年表

西暦	和暦	出来事
六三〇	(舒明 二)	八―五 犬上御田鍬、第一次遣唐使として派遣される。このころ大津市穴太で初期寺院がつくられる。
六四〇	(一二)	このころ大津市横尾山古墳群が形成される。
六四五	大化 一	九―三 愛知郡出身の朴市秦造田久津、古人皇子らと謀反を企てる。
六五六	(斉明 二)	九― 犬上郡出身の犬上君白麻呂、遣高句麗使の一員として派遣される。
六六一	(七)	一一― 百済の遺臣左平鬼室福信が献上した唐人百六人を近江国の墾田に移す。
六六三	(天智 二)	八―二八 白村江の戦いで、百済王豊璋を援護してたたかった朴市秦造田久津が戦死。
六六五	(四)	二― 百済の遺民男女四百人余を近江国神前郡に移し、三月に田をあたえる。
六六七	(六)	三―一九 近江に遷都する（大津宮）。
六六八	(七)	一―三 中大兄皇子即位（天智天皇）。一― 大津宮の北西の山中に崇福寺を建立。五―五 天智天皇をはじめ皇族、重臣こぞって蒲生野に猟をする。
六六九	(八)	一〇―一六 中臣鎌足、大津京内の自宅で没する。百済の遺臣左平餘自信、左平鬼室集斯ら男女七百余人を近江国蒲生郡に移住させる。
六七〇	(九)	二― 全国規模の戸籍、庚午年籍を作成。二― 天智天皇、蒲生郡匱迮野に宮地を視察。
六七一	(一〇)	一―二 大友皇子を太政大臣とし、五重臣を大臣・御史太夫に任命。一―六 近江令を施行。四―二五 漏刻を新台におき、はじめて時を知らせる鐘鼓を打つ。一〇―一九 大海人皇子、僧形となって吉野に隠遁。一二―三 天智天皇、大津宮で没する。
六七二	(天武 一)	六―二四 壬申の乱勃発。七―二二 勢多橋での最後の決戦で近江朝廷軍大敗し、大友皇子自殺。冬、飛鳥浄御原宮に遷都。
六七六	(五)	一一― 湯ノ部遺跡で出土した「牒文書木簡」がつくられる。
七〇〇	(文武 四)	このころ官営の製鉄工房、木瓜原遺跡がいとなまれる。このころ栗太郡衙（岡遺跡）が運営されはじめる。
七〇三	大宝 三	九― 近江国の鉄穴（鉄生産地）が四品志紀親王にあたえられる。
七〇八	和銅 一	三―一三 近江守に多治比真人水守が命ぜられる（「近江守」の初見）。七―二六 近江国で銅銭（和同開珎）を鋳造させる。
七四〇	天平一二	一二― 聖武天皇、藤原広嗣の乱の平定さなかに伊勢・美濃・近江・山背に行幸。近江では坂田郡横川頓宮（六日）・犬上頓宮（七日）・蒲生郡（九日）・野洲頓宮（十日）・志賀郡禾津頓宮（十一日）に宿泊する。
七四二	一四	八―一一 紫香楽宮の造営を開始。
七四三	一五	一〇―一五 盧舎那仏造顕の詔が出され、甲賀寺の造営がはじまる。

七四五	一七	五—五　紫香楽宮が廃される。九—　藤原仲麻呂、近江国守に就任（〜七五八）。
七五九	天平宝字三	一—一六　保良宮の造営を開始。
七六一	五	一〇—二八　保良宮を北京とし、宮に近い二郡（滋賀・栗太郡か）を「畿県」とする。
七六二	六	一—　石山寺の大増改築のため良弁が石山寺にはいり、高島山や立石山、田上山作所などから木材を石山寺に搬入。 二—二五　恵美押勝（藤原仲麻呂）に近江国浅井・高島両郡の鉄穴一処をあたえる。五—二三　保良宮が廃止される。
七六四	八	九—一一　恵美押勝の乱がおこり、湖西を舞台に戦闘が行われたが、押勝は高島郡勝野で斬首される（九—一八）。
七六七	神護景雲一	この年、最澄、滋賀郡古市郷に生まれる（翌年説も）。
七八五	延暦四	四—六　最澄、東大寺戒壇で受戒し、近江国分寺僧となる。近江国分寺（瀬田廃寺か）焼失。
七八六	五	一—　桓武天皇勅願により、滋賀郡の山中に梵釈寺を建立。
七八八	七	この年、最澄、比叡山に一堂を建立し、一乗止観院とする。
七九四	一三	一一—　桓武天皇、近江国の古津を大津宮にちなんで大津と改称。
八〇四	二三	六—　山城国山科駅を廃して近江国勢多駅に馬数をふやす。七—六　最澄、留学僧として入唐。
八〇六	大同一	一—　最澄、天台宗を開宗。
八一八	弘仁九	五—三　最澄、天台法華宗年分学生式を定める。
八二〇	一一	一一—　石山にあった定額国昌寺を近江国分寺とする。
八二二	一三	六—四　最澄没す。六—一一　比叡山に戒壇設定の勅許おりる。
八二三	一四	二—　嵯峨天皇より比叡山寺に「延暦寺」の寺号があたえられる。
八三三	天長一〇	九—八　栗太郡金勝山大菩提寺、定額寺となる。
八三八	承和五	六—　円仁、入唐する。
八四七	一四	九—　円仁、経典を多数持ち帰る。
八五三	仁寿三	七—一五　円珍、顕密修学のため博多より出航し入唐。
八五九	貞観一	九—三　円珍、園城寺（三井寺）を再建。
八六二	四	この年、円珍、園城寺の別当職となる。
八六六	八	五—　園城寺、天台別院となる。
九七六	貞元一	六—一八　近江に大地震があり、近江国府などが倒壊。
九八一	天元四	この年、円珍派の余慶京都法性寺の座主となる。円仁派、これに反対し強訴。
九九三	正暦四	八—　円珍派、比叡山より一掃され、天台別院園城寺に移る（山門と寺門の分裂）。
一〇一七	寛仁一	一二—　近江国分寺・国分尼寺が焼亡。
一〇三五	長元八	このころから山門と寺門の抗争が激化する。
一〇五一	永承六	この年、朝廷より安部氏追討の命をうけた源頼義、園城寺護法神新羅明神に戦勝を祈願する。

◎掲載万葉歌索引

・長歌の表記は、冒頭部分六句までにとどめた。

【あ行】

【か行】

【さ行】

ささなみの　志賀の辛崎　幸《さき》くあれど　大宮人の　船待ちかねつ
(巻一—三〇) 柿本人麻呂 ……… 11・55・220

ささなみの　志賀の大わだ　淀《よど》むとも　昔の人に　またも逢はめやも
(巻一—三一) 柿本人麻呂 ……… 11・220

ささなみの　連庫山《なみくらやま》に　雲居れば　雨そ降るちふ　帰り来わが背
(巻七—一一七〇) 未詳 ……… 13

楽浪の　比良山風の　海吹けば　釣する海人《あま》の　袖かへる見ゆ
(巻九—一七一五) 槐本 ……… 13

さざれ波　磯越道《いそこしぢ》なる　能登湍河《のとせ》　音のさやけさ　激《たぎ》つ瀬ごとに
(巻三—三一四) 羽多小足 ……… 16

さ夜深《ふ》けて　夜中《よなか》の方に　おぼぼしく　呼びし舟人　泊《は》てにけむかも
(巻七—一二二五) 未詳 ……… 14

塩津山　うち越え行けば　我が乗れる　馬そ爪《つま》づく　家恋ふらしも
(巻三—三六五) 笠金村 ……… 15

白真弓《しらまゆみ》　石辺《いそべ》の山の　常磐《ときは》なる　命なれやも　恋ひつつをらむ
(巻一一—二四四四) 未詳 ……… 18

【た行】

高島の　阿戸《あと》白波は　さわくとも　われは家思ふ　廬《いほり》悲しみ
(巻七—一二三八) 未詳 ……… 14

高島の　阿渡の水門を　漕ぎ過ぎて　塩津菅浦今か　漕ぐらむ
(巻九—一七三四) 小辨 ……… 14

旅なれば　夜中を指して　照る月の　高島山に　隠らく惜しも
(巻九—一六九一) 未詳 ……… 14

玉襷《たまだすき》　畝火《うねび》の山の　橿原《かしはら》の　日知《ひじり》の御代ゆ　生《あ》れましし　神のことごと
(巻一—二九) 柿本人麻呂 ……… 11・55・220

託馬野《つくまの》に　生ふる紫草《むらさき》　衣に染め　いまだ着ずして　色に出でにけり
(巻三—三九五) 笠女郎 ……… 16

【な行】

なかなかに　君に恋ひずは　比良の浦の　白水郎《あま》ならましを　玉藻刈りつつ
(巻一一—二七四三) 未詳 ……… 12

鳰鳥《にほどり》の　息長《おきなが》川は　絶えぬとも　君に語らむ　言尽きめやも
(巻二〇—四四五八) 馬史国人 ……… 16

【は行】

人はよし　思ひ止むとも　玉鬘《たまかづら》　影に見えつつ　忘らえぬかも
(巻二—一四九) 倭姫王 ……… 10・217

冬ごもり　春さり来れば　鳴かざりし　鳥も来鳴きぬ　咲かざりし　花も咲けれど
(巻一—一六) 額田王 ……… 9

【ま行】

大夫《ますらを》の　弓末《ゆずゑ》振り起せ　射つる矢を　後《のち》見む人は　語り継ぐがね
(巻三—三六四) 笠金村 ……… 15

真野の浦の　淀《よど》の継橋　情《こころ》ゆも　思へや妹が　夢《いめ》にし見ゆる
(巻四—四九〇) 吹芡刀自 ……… 12

紫草《むらさき》の　にほへる妹を　憎くあらば　人妻ゆゑに　われ恋ひめやも
(巻一—二一) 大海人皇子 ……… 9・103

【や行】

やすみしし　わご大王《おほきみ》　高照らす　日の皇子　荒《あら》栲の　藤原がうへに
(巻一—五〇) 役民 ……… 18・188

やすみしし　わご大君の　大御船　待ちか恋ふらむ　志賀の辛崎
(巻二—一五二) 舎人吉年 ……… 10

八田《やた》の野の　浅茅《あさぢ》色づく　有乳《あらち》山　峯の沫雪《あわゆき》　寒く降るらし
(巻一〇—二三三一) 未詳 ……… 16

木綿畳《ゆふたたみ》　田上山の　さな葛《かづら》　ありさりてしも　今ならずとも
(巻一二—三〇七〇) 未詳 ……… 190

【わ行】

わが船は　比良の湊に　漕ぎ泊てむ　沖へな離りさ夜　更けにけり
(巻三—二七四) 高市黒人 ……… 12

吾妹子《わぎもこ》に　逢坂山を　越えて来て　泣きつつ居《を》れど　逢ふよしも無し
(巻一五—三七六二) 中臣宅守 ……… 207

吾妹子《わぎもこ》に　またも近江の　野洲《やす》の川　安眠《やすい》も寝ずに　恋ひ渡るかも
(巻一二—三一五七) 未詳 ……… 17

近　江
歴史回廊
【探訪10ルート】

★【湖北観音の道】

★【湖南観音の道】

★【比叡山と回峰の道】

★【湖東山辺の道】

★【湖西湖辺の道】

★【近江東海道】

【近江商人の道】

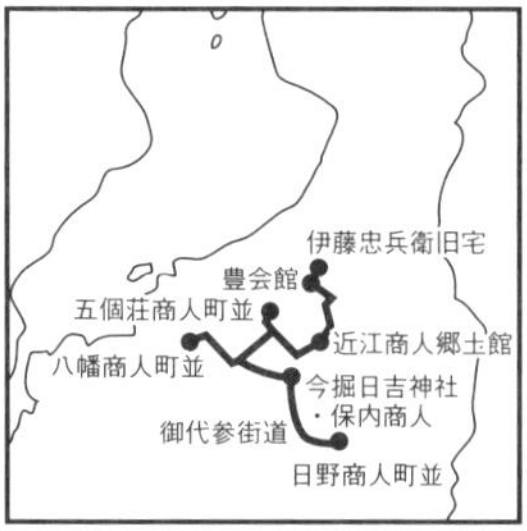

★【近江中山道】

★【近江万葉の道】

★【近江戦国の道】

★はガイドブック既刊分

●参考文献

梶川信行『創られた万葉の歌人―額田王―』はなわ新書　二〇〇〇
蒲生町『蒲生町史　第一巻　古代・中世』一九九五
蒲生町『蒲生町史　第二巻　近世・近現代』一九九九
蒲生町『蒲生町史　第三巻　考古・美術　建築・民俗』二〇〇〇
蒲生町国際親善協会『石塔寺三重石塔のルーツを探る』サンライズ出版　二〇〇〇
北山茂夫『柿本人麻呂論』岩波書店　一九八二
北山茂夫『柿本人麻呂』岩波書店　一九九四
京都新聞社『びわ湖フラワーハイク　滋賀の花木をたずねて』一九九六
錦織寺『錦織寺物語』一九九四
胡口靖夫『近江朝と渡来人―百済鬼室氏を中心として―』雄山閣出版　一九九六年
坂本太郎他校注『日本古典文学大系67　日本書紀(上)』岩波書店　一九六七
滋賀県教育委員会『近江八幡市元・水茎町遺跡』一九六六
滋賀県教育委員会事務局『滋賀県の近代化遺産―滋賀県近代化遺産（建造物等）総合調査報告書―』二〇〇〇
滋賀県高等学校歴史散歩研究会編『滋賀県の歴史散歩』山川出版社　一九九〇
滋賀県日野町教育委員会『西大路藩武家屋敷調査報告書』一九九五
滋賀県文化振興事業団『湖国と文化　第七十三号（特集滋賀の中部―蒲生野―）』一九九五
滋賀県文化財保護協会『いにしえの渡りびと―近江・大和・河内の渡来人―』一九九六
滋賀県立近代美術館『生誕一〇〇年記念　蒲生野を愛した画家　野口謙蔵展』京都新聞社　二〇〇一
滋賀県立琵琶湖博物館『琵琶湖博物館展示ガイド』一九九六
滋賀大経済学部史料館『大嶋神社・奥津嶋神社文書』一九八六
中川泉三編『近江蒲生郡志　巻七・巻九』一九二二
仲村研編『今堀日吉神社文書集成』雄山閣　一九八一
兵主大社『近江兵主の社』一九八四
藤井五郎『近江の万葉―その郷土と歴史―』第一法規　一九八二
藤田達生『本能寺の変の群像』雄山閣　二〇〇一
野洲町『野洲町史第一巻・第二巻』一九八七
野洲町立歴史民俗資料館『平家物語と祇王―祇王井開削・祇王没後八百年―』一九九〇
野洲町立歴史民俗資料館『北村季吟―俳諧・和歌・古典の師―』一九九五
野洲町立歴史民俗資料館『国宝大篠原神社の歴史と美術』一九九八
野洲町立歴史民俗資料館『須恵器の美と世界―鏡山古窯址群の時代―』一九九九
野洲町立歴史民俗資料館『古代国家の始まり―近江野洲の王たち―』二〇〇一
八日市市教育委員会『雪野山古墳発掘調査概報』一九九三
八日市市役所『八日市市史　第一巻　古代』一九八三
竜王町『竜王町史上巻』一九八七

資料提供者・ご協力者（敬称略）

滋賀県教育委員会

滋賀県立図書館

大津市歴史博物館

大津市教育委員会

近江八幡市立図書館

八日市市教育委員会

野洲町立歴史民俗資料館

守山市教育委員会

中主町教育委員会

信楽町教育委員会

石山寺

園城寺

長命寺

栗東歴史民俗博物館

金勝寺

栗東市井上区

イラストマップ／吉野晁生

撮影／辻村耕司

近江歴史回廊
近江万葉の道

2002年1月20日　第1版第1刷　発行

著者©
木村　至宏（きむら・よしひろ）　成安造形大学学長
藤井　五郎（ふじい・ごろう）　万葉研究家
森山　宣昭（もりやま・よしあき）　滋賀県地方史研究会
古川与志継（ふるかわ・よしつぐ）　野洲町立歴史民俗資料館館長
大塚　活美（おおつか・かつみ）　京都文化博物館
小笠原好彦（おがさわら・よしひこ）　滋賀大学教育学部教授
髙梨　純次（たかなし・じゅんじ）　滋賀県立近代美術館学芸員
松浦　俊和（まつうら・としかず）　大津市歴史博物館学芸員

発行者／西川幸治
企画／近江歴史回廊推進協議会（滋賀県庁県民文化課内）

編集・発行／淡海文化を育てる会
〒522-0004　滋賀県彦根市鳥居本町655-1
TEL 0749-22-0627

発売元／サンライズ出版
印刷・製本／サンライズ印刷株式会社

ISBN4-88325-216-7 C0026